맛있는 글쓰기, 멋있는 책 쓰기를 위한

우리말 과외

김영대 · 백미정 지음

대경북스

우리말 과외

1판 1쇄 인쇄 2024년 5월 16일
1판 1쇄 발행 2024년 5월 22일

발행인 김영대
펴낸 곳 대경북스
등록번호 제 1-1003호
주소 서울시 강동구 천중로42길 45(길동 379-15) 2F
전화 (02)485-1988, 485-2586~87
팩스 (02)485-1488
홈페이지 http://www.dkbooks.co.kr
e-mail dkbooks@chol.com

ISBN 979-11-7168-042-9 03710

※ 이 책은 저작권법에 따라 보호받는 저작물이므로 무단전재와 무단복제를 금지하며,
   이 책 내용의 전부 또는 일부를 이용하려면 반드시 저작권자와 대경북스의 서면 동의를 받아야 합니다.

※ 잘못된 책은 구입하신 서점에서 바꾸어 드립니다.

※ 책값은 뒤표지에 있습니다.

좋은 글, 간결한 글

김 영 대

(27년 차 편집자)

저는 새내기 작가예요. 어떤 글이 좋은 글일까요?

좋은 글이란 과연 어떤 글일까요?

저는 "진정성이 담긴 간결한 글입니다."라고 대답하고 싶습니다. 진정성이 담긴 글이라는 것은 글의 내용적 측면을 이야기합니다. 거짓과 허세 없이 글쓴이의 진심이 담긴 글이 진정성이 담긴 글이겠지요.

그리고 간결한 글이라는 것은 글의 형식적 측면을 이야기합니다. 군더더기 없이 명료하게 읽히는 글이 간결한 글이겠지요. 간결하지 못한 글은 독자는 물론, 편집자에게도 감흥을 주지 못합니다.

이 책에서는 글의 형식적 측면, 즉 간결한 글에 집중했습니다.
어떤 글이 간결하지 못한 글일까요?

첫째, 맞춤법과 띄어쓰기가 제대로 지켜지지 않은 글입니다. 맞춤법과 띄어쓰기는 같은 언어를 공유하는 이들끼리의 규범이자 약속입니다. 그렇기 때문에 맞춤법과 띄어쓰기를 제대로 알기 위해 끊임없이 공부하고, 완벽하지는 못할지라도 최대한 지키기 위해 노력해야 합니다.

둘째, 문장의 형식이 제대로 갖추어지지 않은 글입니다. 일반적으로 이런 글을 비문(非文)이라고 부릅니다. 주어와 서술어가 서로 호응하지 않거나 있어야 할 목적어가 없는 등 형식에 어긋나거나 논리적으로 맞지 않는 글을 뜻합니다.

셋째, 군더더기가 많은 글입니다. 멋지고 아름다운 글을 쓰겠다는 욕심에 번역투의 표현이나 한자에서 유래한 현학적인 문구를 사용하는 것을 예로 들 수 있습니다. 수식어를 과하게 넣거나 같은 말을 반복(동어반복)하는 경우도 이에 해당합니다.

글쓰기를 운전에 비유해 보겠습니다. 능숙한 운전자라도 낯선 곳에 가면 헷갈리는 차선이나 신호 때문에 실수를 하기도 합니다. 하지만 최대한 교통법규와 신호를 지켜 운전하려고 노력해야 합니다. 그래야 사고를 예방하고 목적지까지 안전하게 도착할 수 있기 때문입니다. 조금 빨리 가겠다고 경적을 울리며 앞에 가는 차를 끊임없이 추월하고 신호 위반을 밥

먹듯이 하는 운전자를 보고 운전을 잘한다고 하지 않습니다. 글도 마찬가지입니다. 규범에 맞춰 글을 써야 자신의 의견을 정확하게 전달할 수 있고, 상호 간에 원활한 소통이 가능해집니다. 글은 글쓴이의 성격과 마음을 반영하는 거울과도 같습니다.

편집자로서 어떤 원고를 선호하시나요?

선호하는 원고라기보다는 읽기 싫어지는 원고는 있죠. 첫 페이지부터 비문과 맞춤법에 맞지 않는 표현이 수두룩하게 보이는 원고같은….

맞춤법이요? 저 진짜 자신없는데….

27년간 편집자로 일하면서 지금까지 수많은 원고를 보아 왔습니다. 그리고 지금도 메일로 전송되는 원고들을 살펴보는 것이 제 업무이기도 합니다. 하지만 원고의 내용과는 상관없이 원고 첫 페이지부터 비문과 맞춤법에 맞지 않는 표현이 수두룩하게 보인다면 더 이상 읽고 싶지 않습니다. 그렇다고 교열 전문가 수준만큼 문법적으로 완벽한 글을 써서 투고해야 한다는 의미로 말씀드리는 것은 아닙니다. 다만 집필자의 손을 떠나 누군가에게 전송하는 원고라면 집필자로서 최소한의 예의는 지켜야 한다는 뜻입니다.

이 책에서는 흔하게 발견되는 번역투의 표현부터 시작해서 발음이 비슷해서 혼동하기 쉬운 단어들, 품사의 착각으로 잘못 활용되는 동사와 형용사, 자주 실수하는 띄어쓰기, 그리고 점점 잊혀지며 사라져가는 우리말 표현 등을 모아 보았습니다.

또한 딱딱한 문법책의 이미지를 피하고 최대한 쉬운 설명과 다양한 예로 내용을 구성하였습니다. 예문을 몇 차례 반복해서 읽는 것만으로도 맞춤법과 띄어쓰기의 규칙이 머리 속에 차곡차곡 기억으로 저장됩니다. 이렇게 기억된 언어습관으로 바른 말 쓰기가 자연스럽게 이루어지리라 기대합니다.

2024년 5월

나에게 무슨 일이 있었던 걸까

백 미 정

(10년 차 글쓰기 코치)

엄마에게 내가 밉냐고 물어볼 때마다 엄마는 아니라고 하지만, 나는 내가 밉습니다.

엄마, 건강하게 예쁘게 자라서 엄마를 기쁘게 해 드리겠습니다.

엄마에게 드렸던 유물 같은 편지들을 고이 간직하고 계셨던 엄마 덕분에 열 살의 백미정을 만났습니다. 감정의 극과 극을 왔다 갔다 하며 불안해했던 나의 어린 시절들에 이제야 따스한 온기를 전합니다. 연민과 공감의 감정을 깨닫기까지, 삼십 년이 넘게 걸렸네요.

저는 마음껏 울어 본 기억이 없을 만큼 예민했어요. 주변 분위기를 살

피며 신경이 곤두서 있는 날이 많았어요. 버림받을까 두려웠고 나의 울음소리가 부모님께 또 다른 불씨가 될까 봐 기침소리마저 꾹꾹 눌렀습니다.

축하해 주세요. 얼마 전부터 기침소리를 크게 낼 수 있게 되었습니다. 글쓰기 덕분이에요.

블랙홀 같은 감정에 빠져 허우적거릴 때, 영혼을 포박한 밧줄을 풀지 못할 것 같을 때, 하루 종일 잠을 자며 이대로 눈을 못 뜨게 되면 좋겠다 생각했을 때, 질문을 하고 또 했습니다.

'나는 왜 이럴까?'라고요.

동시에 글을 썼습니다. 얼마나 많이 썼던지 초등학교 6학년 즈음, 오른손 중지 손가락에 굳은살이 박혔습니다. 지금은 영광의 흔적, 훈장으로 생각하고 있습니다.

저에게 질문 던지는 것을 포기하지 않았더니, 글쓰기로 위안 삼았더니, 지금의 제가 될 수 있었어요. 요즈음에도 극단적인 감정에 빠질 때가 있어요. 이제 저에게 던지는 질문이 바뀌었습니다.

'나에게 무슨 일이 있었던 걸까?'

그리고 감정과 생각을 알아차린 후 흘려보냅니다.

'그렇구나.'

영혼에게 한 마디 건네면서요.

그러면 신기하게도, 설명하기 힘들었던 감정이 어느 새 사라져 버려요.

알아차림.

흘려보냄.

제가 애정 하는 단어입니다. 글쓰기 덕분이에요. 글쓰기는 저의 베스트 프렌드가 되어 주었습니다. 그리고 글을 쓰고 있는 지금 이 순간, 울컥함을 선물해 주고 있네요.

저는 여러분이 저와 같은 경험을 해 보길 간절히 원합니다. 여러분이 어떤 삶을 살아오셨든, 어떤 생각과 감정 때문에 힘드셨든, '나는 왜 이럴까?'라고 던졌던 질문을 '나에게 무슨 일이 있었던 걸까?'라고 바꿀 수 있기를 바랍니다. 글쓰기로 말이지요.

제가 준비한 글쓰기 연습 열 편, 꼭 실천하실 거죠? 글쓰기는 글쓰기로 배울 수 있습니다. 글을 잘 쓰고 싶다면 지금도 글을 쓰고 있어야 합니다. 그리고 글쓰기로 내 영혼을 돌봐 주어야 합니다. 영혼이 건강해야 글도 건강해요.

여러분이 글쓰기로 치유받기 원한다는 말, 빈말 아닙니다. 한 자 한 자 글이 앞으로 나아갈 때마다, 타이핑하는 손가락이 움직일 때마다, 바라고 바랍니다. 이 글을 읽고 있는 여러분이 글쓰기를 선택하시게 되기를요. 아니, 그냥 믿을래요. 글쓰기를 시작한 여러분, 축하합니다. 그리고 감사합니다. 글쓰기 동지가 되어 주셔서요.

'나에게 무슨 일이 있었던 걸까?'

글쓰기로 내 영혼에 말 걸어 주는 귀한 오늘 만들어 가세요.
독자 여러분, 애정 합니다.

2024년 5월 4일

기쁜 감정 가득,

백미정 드림

일러두기

  이 책은 크게 간결한 글쓰기를 위한 우리말 맞춤법과 진정성 있는 글쓰기 훈련으로 나뉩니다.

  첫째 마당에서 넷째 마당까지는 간결한 글쓰기에 꼭 필요한 우리말 공부를 위해 번역투 지양하기, 우리말 맞춤법, 띄어쓰기, 잊혀져 가는 순우리말 배우기로 구성하였습니다.

  첫째 마당에서 셋째 마당까지는 대표적 오용사례, 해설, 예문 몇 가지, 그리고 응용문제로 이루어져 있습니다. 예문은 눈으로만 읽지 마시고 소리내어 읽거나 직접 노트에 필사해 보시기 바랍니다. 응용문제의 해답은 문제와 너무 가까울 경우 다른 쪽으로 옮겨두었습니다.

  다섯째 마당에는 진정성을 담은 글쓰기 훈련법을 수록하였습니다. 전반부의 문법 부분을 읽다 보면 금세 지루함을 느낄 수도 있습니다. 그럴 때면 과감하게 페이지를 넘겨 5장의 글쓰기 연습에 수록된 글을 읽으며 글쓰기를 연습해 보세요.

차　례

프롤로그 _ 좋은 글, 간결한 글 ·······················3

나에게 무슨 일이 있었던 걸까 ···············7

첫째 마당 번역투에서 독립하자

01 ~에(게) 있어(서) ·························· 21

02 ~에 관하여/~에 대하여 ·············· 24

03 ~이 요구되다 ·························· 26

04 ~을 가지다 ···························· 28

05 ~을 하기 위하여(위해서) ············· 30

06 피동 표현의 남용 ····················· 32

07 ~로 인해 / ~에 의해 ················· 34

08 가장 ~한 ~중의 하나 ················ 36

09 ~에 위치하다 ··· 38

10 ~로부터(에서) 자유롭다 ·· 40

11 ~이 가능하다 ··· 42

12 ~로부터 ·· 44

13 한문에서 유래한 표현 ··· 47

14 우리말에서 복수의 표현 ·· 49

15 불필요한 관용구 ··· 51

둘째 마당 우리말 바르게 쓰기

01 우리와 저희 ··· 55

02 사물 존칭 ·· 58

03 결제와 결재 ··· 60

04 웬과 왠 ·· 62

05 설레이다와 설레다 ··· 64

06 맞추다와 맞히다 ··· 66

07 부치다와 붙이다 ··· 68

08 되와 돼 ·· 70

09 벌이다와 벌리다 ··· 72

10 띠다와 띄다 ··· 74

11 삼가다 ·· 76

12 ~로서와 ~로써 ·· 79

13 들러와 들려 ·· 82

14 안과 않 ·· 84

15 든과 던 ·· 86

16 한 번과 한번 ·· 88

17 맞다와 맞는다 ·· 90

18 오와 요 ·· 92

19 어떻게와 어떡해 ··· 94

20 알맞은과 알맞는 ··· 96

21 이에요와 이예요 ··· 98

22 다르다와 틀리다 ··· 100

23 다행이와 다행히 ··· 102

24 믿겨지지와 믿어지지 ··································· 104

25 끼어들다와 끼여들다 ··································· 106

26 개발과 계발 ·· 108

27 싯가와 시가 ·· 110

28 보여지다와 보이다 ······································· 112

29 치루다와 치르다 ··· 115

30 금새와 금세 ·· 118

31 끼어와 끼여 ·· 120

32 오랫만에와 오랜만에 …………………………… 122

33 장이와 쟁이 …………………………………………… 124

34 통채로와 통째로 …………………………………… 126

35 몇일과 며칠 …………………………………………… 128

36 다리다와 달이다 …………………………………… 130

37 곱배기와 곱빼기 …………………………………… 133

38 적다와 작다 …………………………………………… 135

39 너머와 넘어 …………………………………………… 137

40 일절과 일체 …………………………………………… 139

셋째 마당 띄어쓰기 완전정복

01 ~지의 띄어쓰기 …………………………………… 143

02 못하다와 못 하다 ………………………………… 145

03 ~데의 띄어쓰기 …………………………………… 147

04 간의 띄어쓰기 ……………………………………… 149

05 리의 띄어쓰기 ……………………………………… 152

06 받다의 띄어쓰기 …………………………………… 154

07 ~걸의 띄어쓰기 …………………………………… 156

08 만큼의 띄어쓰기 …………………………………… 158

09 ~상, ~하의 띄어쓰기 ··160

10 뿐의 띄어쓰기 ··162

11 및/겸/내지/대/등의 띄어쓰기 ································164

12 안되다 vs 안 되다··166

13 어미 뒤의 조사 ··168

14 단위를 나타내는 명사 ··171

15 지리 용어의 띄어쓰기 ··173

16 성, 이름과 호칭 ··176

17 겹쳐지는 부사 ··179

18 외국어 + 우리말 ··181

19 몇의 띄어쓰기 ··184

20 접사의 띄어쓰기 ··186

넷째 마당 우리말 되새김

01 날짜를 세는 말 ··191

02 어제, 오늘, 내일을 이르는 말·································192

03 12개월을 이르는 우리말 ··194

04 달과 관련된 순우리말 ··196

05 비와 관련된 순우리말 ··197

06 별과 관련된 순우리말 ····················· 198

07 해와 관련된 순우리말 ····················· 200

08 수학과 관련된 순우리말 ····················· 201

09 연장과 관련된 순우리말 ····················· 203

10 우리 몸과 관련된 순우리말 ····················· 205

11 지리학과 관련된 순우리말 ····················· 207

12 말과 관련된 순우리말 ····················· 209

13 의복과 관련된 순우리말 ····················· 211

14 흐르는 물과 관련된 순우리말 ····················· 213

15 음식과 관련된 순우리말 ····················· 215

16 농사와 관련된 순우리말 ····················· 217

17 단위와 관련된 순우리말 ····················· 219

18 경제활동과 관련된 순우리말 ····················· 221

19 호칭과 관련된 순우리말 ····················· 223

20 집과 관련된 순우리말 ····················· 225

다섯째 마당 글쓰기 연습

01 글쓰기 세계의 불문율을 파괴하다 : 길게 써도 된다 ··········· 229

02 공감할 수 있는 글쓰기 방법 : 수미상관 구조 ················· 235

03 보여주는 글쓰기 : 묘사의 힘 ⋯⋯⋯⋯⋯⋯⋯⋯241

04 대충 쓰자 : 빼면 된다 ⋯⋯⋯⋯⋯⋯⋯⋯⋯247

05 명화와 함께 : 나에게 편지 쓰기 ⋯⋯⋯⋯⋯⋯253

06 첫 문장, 어떻게 쓸까? : 글쓰기 코치가 추천하는 4가지 방법 ⋯259

07 글 잘 쓸 수 있는 필사 비법 : 3단계 필사 훈련⋯⋯⋯⋯⋯266

08 글쓰기에 좋은 감정과 재료 : 감사 그리고 詩 ⋯⋯⋯⋯274

09 글쓰기의 또 다른 이름 : 경청 ⋯⋯⋯⋯⋯⋯⋯280

10 글을 써야 하는 이유 : 사명 ⋯⋯⋯⋯⋯⋯⋯287

에필로그_유종의 미 ⋯⋯⋯⋯⋯⋯⋯⋯⋯⋯⋯294

첫째 마당

번역투에서 독립하자

제일 먼저 다룰 것은 번역체, 번역투의 표현입니다.

어떤 표현이 있는지 예를 들어주시겠어요?

대표적인 것으로 '~에 있어서'라는 표현을 들 수 있죠.

아! 저도 자주 사용하는 표현인데요. 워낙 익숙하니 잘 모르고 그냥 사용하는 것 같아요. 그렇다고 틀린 것은 아니잖아요?

맞습니다. 문법상으로 틀렸다고 하기에는 애매하죠. 틀린 표현은 아니지만 문장을 딱딱하게 만들기 때문에 다른 표현으로 대체하면 문장이 훨씬 부드러워집니다.

앞으로는 조심해서 안 쓰도록 노력할게요.

01 ~에(게) 있어(서)

오용사례

> 파워 블로거에게 있어서 팔로워 수와
> 조회수는 가장 중요한 관심사다.

해설

일본어의 '~にあって⁽니 앗테⁾'나 '~において⁽니 오이테⁾, ~に於て⁽니오테⁾'에서 유래한 것으로 아직 일제 강점기의 흔적이 남아 있는 언어 습관 같습니다. 또한 영어 표현의 'for~'나 'in ~ing'를 번역할 때도 자주 사용하는 말입니다.

이 표현은 영역이나 분야, 행위나 행동, 시간이나 때, 사람 등을 표현할 때 자주 쓰입니다. 맞춤법에 어긋나는 것은 아니지만 문장을 딱딱하게 만드는 표현 중 하나입니다.

어떻게 해야 표현이 좀더 부드러워질까요?

【영역이나 분야】

근대철학<u>에 있어서</u> 데카르트와 칸트를 빼놓고 생각할 수 없다.

→ 근대철학에서 데카르트와 칸트를 빼놓고 생각할 수 없다.

【행위나 행동】

수학 공부를 함<u>에 있어서</u> 미적분이 가장 중요하다.

→ 수학 공부에서(또는 수학 공부를 할 때) 미적분이 가장 중요하다.

【사람】

파워 블로거<u>에게 있어서</u> 팔로워 수와 조회수는 중요한 관심사다.

→ 파워 블로거에게 팔로워 수와 조회수는 중요한 관심사다.

【시간이나 때】

그 건물은 현재 리모델링 중<u>에 있다</u>.

→ 그 건물은 현재 리모델링 중이다(또는 하고 있다).

[응용문제]

작가<u>에게 있어서</u> 진정성은 무엇보다 중요하다.

→ 작가_____ 진정성은 무엇보다 중요하다.

'~에(게) 있어(서)', 이 표현은 영역이나 분야, 행위나 행동, 시간이나 때, 사람 등을 표현할 때 자주 쓰입니다.

경우에 따라 '~에서, ~에게, ~을 할 때' 등으로 바꾸어 쓰면 문장이 훨씬 부드러워집니다.

[해답] 작가에게 진정성은 무엇보다 중요하다.

02 **에 관하여/~에 대하여**

 오용사례

요즈음 나는 주역에 관하여
공부하고 있다.

해설

영어의 about에 해당하며 일본어의 '~に関して(니 칸시테)', '~に対して
(니 타이시테)'를 번역한 말투로, 의외로 일상생활에서 자주 쓰이는 말입
니다.

틀린 표현이라고 할 수는 없지만 굳이 사용하지 않아도 의미 전달에
무리가 없으며, 사용하지 않으면 오히려 문장이 간결해지고 글자 수
도 줄어드는 효과가 있습니다.

[해답] 면접관은 그 친구에게 앞으로의 비전을 물었다.

요즈음 나는 MBTI**에 관하여** 공부하고 있다.

→ 요즈음 나는 MBTI를 공부하고 있다.

그분은 늘 이웃**에 대하여** 관심을 가져왔다.

→ 그분은 늘 이웃에 관심을 가져왔다.

저희도 이**에 대해** 매우 기뻐하고 있습니다.

→ 저희도 이에 (또는 이 때문에) 매우 기뻐하고 있습니다.

[응용문제]

면접관은 그 친구에게 앞으로의 비전**에 대해** 물었다.

→ 면접관은 그 친구에게 앞으로의 비전＿＿＿ 물었다.

03 ~이 요구되다

 오용사례

경제 위기에 대응하는

올바른 정책이 요구되는 시점이다.

 해설

영어의 'be required of'를 그대로 번역한 느낌입니다. 역시 틀린 말로 볼 수는 없지만 '~가 필요하다'로 대치하거나 '~해야 한다' 등으로 바꿔쓰면 좋습니다.

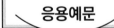 응용예문

경제 위기에 대응하는 올바른 정책이 요구되는 시점이다.

→ 경제 위기에 대응하는 올바른 정책이 필요한 시점이다.

→ 경제 위기에 대응하는 올바른 정책을 마련해야 할 시점이다.

도의회 인사 청문제도 더욱 확실한 변화**가 요구된다**.

→ 도의회 인사 청문제도 더욱 확실한 변화가 필요하다.

→ 도의회 인사 청문제도 더욱 확실하게 변화해야 한다.

공영방송은 높은 수준의 공적 책임**이 요구된다**.

→ 공영방송은 높은 수준의 공적 책임이 필요하다.

→ 공영방송은 높은 수준의 공적 책임을 가져야 한다.

[응용문제]

모빌리티 시대에는 자동차 교육기관의 혁신**이 요구된다**.

→ 모빌리티 시대에는 자동차 교육기관의 혁신_____.

→ 모빌리티 시대에는 자동차 교육기관_____.

[해답] 모빌리티 시대에는 자동차 교육기관의 혁신이 필요하다.

모빌리티 시대에는 자동차 교육기관이 혁신해야 한다.

04 ~을 가지다

1시 반 쯤 미팅을 <u>가진</u> 후에

출발할 예정이다.

해설

영어의 'have'를 직역한 것으로 너무 자주 쓰여서 이제는 우리 말처럼 느껴지는 표현입니다. 하지만 동일한 의미를 지닌 어휘들이 있으니 그것으로 대치하여 쓰시기 바랍니다.

응용예문

1시 반 쯤 독서 모임**을 가진** 후에 출발할 예정이다.

→ 1시 반 쯤 독서 모임을 한 후에 출발할 예정이다.

모든 국민은 납세의 의무**를 가진다.**

→ 모든 국민은 납세의 의무가 있다.

찾아뵙고 말씀 나눌 시간**을 갖고자** 합니다.

→ 찾아뵙고 말씀 나누고자 합니다.

[응용문제]

저는 그 일을 추진할 권한**을 가지고 있지 않습니다.**

→ 저는 그 일을 추진할 권한_____.

Every country has the goverment it
deserve.(Joseph Marie de Maistre)

보통 "모든 국민은 그 수준에 맞는
정부를 가진다."로 번역하는데요, 저
는 "국민의 수준이 곧 그 나라 정부
의 수준이다."로 고치고 싶네요.

[해답] 저는 그 일을 추진할 권한이 없습니다.

05 ~을 하기 위하여(위해서)

 오용사례

타인과 지적 대화를 <u>하기 위해서</u> 반드시 깔려 있어야 하는 가장 기본 지식

 해설

영어의 'for ~ing' 또는 'to 부정사' 구문을 번역한 표현입니다. 틀린 표현은 아니지만 '하려고'나 '하려면' 등으로 바꿔쓰면 문장이 좀 더 부드러워집니다.

응용예문

타인과 지적 대화를 **하기 위해서** 반드시 깔려 있어야 하는 가장 기본 지식

→ 타인과 지적 대화를 하려면 반드시 깔려 있어야 하는 가장 기본

지식

영어**를** 공부**하기 위해서** 유학길에 올랐다.

→ 영어를 공부하려고 유학길에 올랐다.

소형 카메라를 이용한 범죄에 대처**하기 위하여** 담당 인력을 크게 늘

렸다.

→ 소형 카메라를 이용한 범죄에 대처하고자 담당 인력을 크게 늘렸다.

[응용문제]

식육 가공 사업**을 하기 위하여** 축산물가공업 허가를 받았다.

→ 식육 가공 사업_____ 축산물가공업 허가를 받았다.

[해답] 식육 가공 사업을 하려고 축산물가공업 허가를 받았다.

06 피동 표현의 남용

 오용사례

농구 경기에서 슈팅 중 반칙을 하면 공격팀에 자유투가
<u>주어집니다.</u>

 해설

일본에서는 피동형이 능동형만큼이나 자주 쓰입니다. '~지다' 형태
의 표현을 예로 들 수 있습니다. 영어에서도 수동태라고 하여 피동
표현이 많이 사용됩니다.

이런 경우 우리 말로 번역할 때 능동형으로 바꾸어 주면 문장도 간
결해지고 의미도 보다 명확하게 전달됩니다.

"그의 문장은 잘 읽힌다."처럼 우리 말도 피동 표현이 없는 것은 아니
지만, '되어집니다'처럼 이중피동의 형태는 피하는 것이 좋습니다.

32

농구 경기에서 슈팅 중 반칙을 하면 공격팀에 자유투가 **주어진다**.

→ 농구 경기에서 슈팅 중 반칙을 하면 공격팀에 자유투를 준다.

청동기 시대에 청동은 특권층의 도구나 무기로 주로 **사용되어졌다**.

(이중피동)

→ 특권층의 도구나 무기로 주로 사용되었다.

→ 특권층이 도구나 무기로 주로 사용하였다.

[응용문제]

그 책의 주인공은 친구에게 **죽임당했다**.

→ 그 책의 주인공은 친구＿＿＿＿＿＿.

→ 그 책의 주인공은 친구＿＿＿＿＿＿.

[해답] 그 책의 주인공은 친구가 살해했다.

그 책의 주인공은 친구가 죽였다.

07 **~로 인해 / ~에 의해**

 오용사례

세계적인 경제 불황으로 인해 경기 침체가 계속되고 있습니다.

 해설

영어의 '~by', 일본어의 '~によって(니 욧테)'를 그대로 번역한 표현입니다.

우리 말에서는 어색한 수동형의 문장이 될 뿐 아니라 문장을 쓸데없이 길게 만드는 주범입니다.

원래 '~에 의한다'는 표현은 "형법 제00조에 의하여 피고를 벌금형에 처한다."처럼 지금도 사용하고 있습니다. 하지만 이렇게 딱딱한 표현을 일상적인 글에서까지 사용할 필요는 없겠죠.

세계적인 경제 불황**으로 인해** 경기 침체가 계속되고 있습니다.

→ 세계적인 경제 불황때문에 경기 침체가 계속되고 있습니다.

영화는 뤼미에르 형제**에 의해** 처음으로 만들어졌다.

→ 뤼미에르 형제가 영화를 처음으로 만들었다.

윗집 누수**로 인해** 금전적인 피해를 입었다.

→ 윗집 누수 때문에 금전적인 피해를 입었다.

[응용문제]

그 프로그램은 공적 자금**에 의해** 운영된다.

→ 그 프로그램은 공적 자금_____ 운영된다.

[해답] 그 프로그램은 공적 자금으로 운영된다.

08 가장 ~한 ~중의 하나

 오용사례

진구는 내가 <u>가장</u> 좋아하는
친구들 <u>중의 한</u> 사람이다.

 해설

영어의 'one of the 최상급'을 번역한 표현입니다.

우리 말에서는 '가장'이라는 수식어가 붙으면 오직 하나만을 의미하기 때문에, 이렇게 번역하면 어색한 느낌을 줍니다. 우리 말에서 '가장 연주를 잘하는 학생'은 여러 명이 아니라 한 명을 지칭합니다. '가장'이라는 표현보다는 '매우, 무척, 굉장히' 등의 수식어를 사용하여 표현하면 좋겠습니다.

[해답] 떡볶이는 내가 두 번째로 좋아하는 음식이다.

진구는 내가 **가장** 좋아하는 친구들 **중의 한** 사람이다.

→ 진구는 내가 무척 좋아하는 친구들 가운데 한 사람이다.

퀸스타운 공항은 세계에서 **가장** 아름다운 공항 **중 하나**이다.

→ 퀸스타운 공항은 세계에서 아름답기로 손꼽히는 공항 가운데 하나이다.

세상에서 **가장** 큰 곤충 **중 하나**인 타이탄 대왕 하늘소는 몸길이가 20cm
에 이른다.

→ 세상에서 매우 큰 곤충 가운데 하나인 타이탄 대왕 하늘소는 몸길이가
　　20cm에 이른다.

[응용문제]

떡볶이는 내가 **두 번째로 가장** 좋아하는 음식이다.

→ 떡볶이는 내가 _____ 음식이다.

※ 응용문제와 해답이 너무 가까우면 해답의 위치를 앞쪽으로 옮겼습니다.

09 ~에 위치하다

오용사례

뉴질랜드 글렌 에덴에 위치한
새 타운하우스를 소개합니다.

해설

영어의 'be located in'을 번역한 표현입니다.

틀린 표현은 아니지만 딱딱한 느낌이 드는 표현이라 '~에 있다' 정
도로 바꾸면 쓰면 좋겠습니다.

응용예문

뉴질랜드 글렌 에덴<u>에 위치한</u> 새 타운하우스를 소개합니다.

→ 뉴질랜드 글렌 에덴에 있는 새 타운하우스를 소개합니다.

구글 본사는 미국 캘리포니아 주<u>**에 위치하고 있다**</u>.

→ 구글 본사는 미국 캘리포니아 주에 있다.

마석 가구단지<u>**에 위치한**</u> 한신공방에서 편백나무 침대를 구매했다.

→ 마석 가구단지에 있는 한신공방에서 편백나무 침대를 구매했다.

[응용문제]

기훈 씨의 전원주택은 넓은 밭을 지나 분지 한 가운데 **위치하고 있다**.

→ 기훈 씨의 전원주택은 넓은 밭을 지나 분지 한 가운데 _____.

[해답] 분지 한 가운데 있다.

분지 한 가운데 자리하고(자리잡고) 있다.

10 ~로부터(에서) 자유롭다

 오용사례

MZ세대는 구세대의
규범으로부터 자유로운 세대이다.

 해설

영어의 'free from~'을 번역한 표현으로 보입니다.

'free'는 '자유롭다'는 뜻과 '없다'는 뜻이 있는데, '없다'는 의미를 '자유롭다'로 오역한 것으로 생각됩니다.

응용예문

MZ세대는 구세대의 규범으로부터 자유로운 세대이다.

→ MZ세대는 구세대의 규범에 따르지 않는다.

→ MZ세대는 구세대의 규범에 얽매이지 않는다.

광복절은 일제의 압제**에서 자유로와진** 날이다.

→ 광복절은 일제의 압제에서 해방된 날이다.

엄마의 잔소리**로부터 자유와지고 싶다**.

→ 엄마의 잔소리를 듣고 싶지 않다.

[응용문제]

외국인 관광객은 현지의 단속**으로부터 자유롭습니다**.

→ 외국인 관광객은 현지의 단속_____.

[해답] 외국인 관광객은 현지의 단속을 받지 않습니다.

11 ~이 가능하다

오용사례

양자 역학의 아원자 세계에서는

순간 이동이 <u>가능합니다.</u>

해설

영어의 'possible'을 번역한 표현으로 '안 될 것 같지만 사실은 된다'의 뉘앙스를 가지고 있습니다. 보통 '~할 수 있다' 정도로 바꾸어 쓰면 좋습니다.

하지만 '가능하다'와 '가능(可能)'은 엄연한 표준말로 무조건 잘못된 표현이 아닙니다.

예) 5세대 통신의 발달로 전 세계가 동시에 소통하는 일이 가능해졌다.

예) 미분 가능, 카드 가능, 협상 가능

양자 역학의 아원자 세계에서는 순간 이동**이 가능합니다**.

→ 양자 역학의 아원자 세계에서는 순간 이동할 수 있습니다.

누나 결혼식 정장에 이 신발 **가능할까요**?

→ 누나 결혼식 정장에 이 신발 신어도 될까요?

모든 인위적 재해는 예방**이 가능하다**.

→ 모든 인위적 재해는 예방할 수 있다.

[응용문제]

사이버 대학, 온라인 대학 학생도 미국 명문대 편입**이 가능하다**.

→ 사이버 대학, 온라인 대학 학생도 미국 명문대에 편입_____.

[해답] 사이버 대학, 온라인 대학 학생도 미국 명문대에 편입할 수 있다.

12 ~로부터

대한민국의 주권은 국민에게 있고, 모든 권력은 국민으로부터 나온다.

해설

영어의 'from'이나 일본어의 '~から(카라)'를 번역한 표현 같습니다.

'~로부터'는 사전에 등록되어 있는 조사이며, 너무 자주 쓰여서 대놓고 잘못된 표현이라고 볼 수도 없습니다. 하지만 '~에게서'와 같은 말로 바꾸어 써 주면 조금 더 부드러운 문장이 됩니다.

대한민국의 주권은 국민에게 있고, 모든 권력은 국민**으로부터** 나온다.

→ 대한민국의 주권은 국민에게 있고, 모든 권력은 국민에게서 나온다.

우수강의상은 소속 학교**로부터** 추천받아 수여하는 상이다.

→ 우수강의상은 소속 학교의 추천을 받아 수여하는 상이다.

제주시는 진바이오(주)**로부터** 천연 미생물 탈취제를 기부받았다.

→ 제주시는 진바이오(주)에게서 천연 미생물 탈취제를 기부받았다.

→ 진바이오(주)는 제주시에 천연 미생물 탈취제를 기부했다.

[응용문제]

영국 오카도그룹은 쇼피파이**로부터** 자율이동로봇 전문 기업인 6리버

시스템즈를 인수했다.

→ 영국 오카도그룹은 쇼피파이_____ 자율이동로봇 전문 기업인 6

리버 시스템즈를 인수했다.

국립국어원에서는 '검찰에게서'나 '검찰로부터' 모두 문법적으로 바르다고 규정하고 있습니다. 두 번째 문장에서 쓰인 '에게서'는 앞말이 어떤 일의 출처임을 나타내는 격 조사인 반면, 두 번째 문장의 '로부터'는 어떤 행동의 출발점이나 비롯되는 대상임을 나타내는 격 조사라고 합니다.

[해답] 영국 오카도그룹은 쇼피파이에게서 자율이동로봇 전문 기업인 6리버 시스템즈를 인수했다.

13 한문에서 유래한 표현

 오용사례

어차피 노력해도 안 되니 차라리 안 하는 게 낫다는 아이
도 있습니다.

 해설

우리나라는 오랫동안 한자 문화권에 속해 있었기 때문에 지금도 한
자 또는 한문에서 유래한 표현이 많이 남아 있습니다. 보통 한자어
인지도 모르고 쓰는 경우가 대부분입니다.

이런 표현들은 비록 표준말이기는 하지만 글을 딱딱하게 만드는 원
인이 되기도 합니다. 그럴 때는 유사한 의미의 우리말로 대치하면
글을 더 쉽고 매끄럽게 만들 수 있습니다.

[해답] 어쨌든 이번 일은 네가 알아서 처리해라.

어차피(於此彼) 노력해도 안 되니 차라리 안 하는 게 낫다는 아이도 있습니다.

→ 아무리 노력해도 안 되니 차라리 안 하는 게 낫다는 아이도 있습니다.

이로써(是以) 한화는 6연승을 하게 되었다.

→ 이것으로 한화는 6연승을 하게 되었다.

새벽부터 경계경보가 울리다니 **대관절**(大關節) 이것이 무슨 일이냐?

→ 새벽부터 경계경보가 울리다니 도대체 이것이 무슨 일이냐?

[응용문제]

하여간(何如間) 이번 일은 네가 알아서 처리해라.

→ _____ 이번 일은 네가 알아서 처리해라.

14 우리말에서 복수의 표현

 오용사례

대부분의 사람들은 자신이
마음먹은 만큼만 행복하다.

 해설

우리말과 일본어, 중국어는 단수와 복수를 꼼꼼하게 밝히지 않는 특
성이 있습니다.

보통 '~들'로 복수를 표현하는데 이 말을 빼도 의미를 이해하는 데
어려움이 없습니다. 그래서 단수와 복수를 구분하는 데 어려움이 없
다면 '~들'을 빼는 것이 좋습니다. 하지만 의미상 필요하다면 넣어
도 됩니다.

대부분의 사람들은 자신이 마음먹은 만큼만 행복하다.

→ 대부분의 사람은 자신이 마음먹은 만큼만 행복하다.

더 많은 사람들이 '일잘러'가 되는 세상을 꿈꿔요.

→ 더 많은 사람이 '일잘러'가 되는 세상을 꿈꿔요.

우리나라 국민들이 삶의 만족도가 낮은 이유들은 몇 가지가 있습니다.

→ 우리나라 국민이 삶의 만족도가 낮은 이유는 몇 가지가 있습니다.

[응용문제]

경기가 안 좋으니 손님들이 많이 줄었다.

→ 경기가 안 좋으니 손님___ 많이 줄었다.

[해답] 경기가 안 좋으니 손님이 많이 줄었다.

50

15 불필요한 관용구

 오용사례

아시다시피 처인구는 자연보전지역이라 개발이 쉽지 않
겠네요.

 해설

영어의 '(As) you know(알다시피)', 'I think(내 생각에)' 등에서 유래한 표
현은 영어식 관용구로 굳이 우리 말에서 사용할 필요는 없습니다.

'If you ask me', 'I say', 'Please'와 같은 관용구도 우리 말로 옮
길 때 굳이 번역하지 않아도 의미 전달에 별 영향을 주지 않습니다.

아시다시피 처인구는 자연보전지역이라 개발이 쉽지 않겠네요.

→ 처인구는 자연보전지역이라 개발이 쉽지 않겠네요.

너도 알다시피 나는 프랑스에서 오래 살았기 때문에 한국 문화에 서

툴다.

→ 나는 프랑스에서 오래 살았기 때문에 한국 문화에 서툴다.

제 생각에 볶음밥 레시피 따로 없는 것 같아요.

→ 볶음밥 레시피 따로 없는 것 같아요.

내 생각에 당분간 경기 회복은 힘들 것 같다.

→ 당분간 경기 회복은 힘들 것 같다.

둘째 마당

우리말 바르게 쓰기

제 책이 나온다니 너무 설레여서 잠이 오지 않아요.

우와! 축하드립니다. 이번 장에서는 혼동하기 쉬운 표현을 알아볼 건데, 방금 말씀하신 '설레여서'도 틀린 표현이랍니다.

어머! 정말요?

네. '설레다'가 원형이라 '설레여서'가 아니라 '설레서'라고 하는 것이 맞아요. 명사형도 '설레임'이 아니라 '설렘'이랍니다.

지금까지 모른 채 그냥 사용하고 있었네요.

혹시 사물 존칭도 들어보셨나요? "손님, 주문하신 커피 나오셨습니다." 같은 표현이요.

네. 카페 가면 자주 듣는데요.

이번 챕터에서는 혼동하기 쉬운 표현과 사물 존칭은 물론 잘못 사용되는 높임말도 공부할 거예요.

이번 기회에 제대로 알아놓겠습니다.

01 우리와 저희

 오용사례

> 저희 나라에서는 매년 6월 6일을 현충일로 지정하여 기념하고 있습니다.

 해설

'저희'는 '우리'의 낮춤말인데 '우리'와는 달리 듣는 이를 포함하지 않습니다. 말하는 이가 자신을 듣는 이보다 낮추어 말하는 것이기 때문입니다.

그래서 유일한 것을 의미하는 국가(나라), 주님(하느님) 등과 같은 말 앞이나, 소속된 집단 내부의 사람들끼리는 '우리'라는 표현을 써야 합니다.

저희 나라에서는 매년 6월 6일을 현충일로 지정하여 기념하고 있습니다.

→ 우리나라에서는 매년 6월 6일을 현충일로 지정하여 기념하고 있습니다.

사장님, 이번에 샌드위치 연휴인데 **저희** 회사에서는 어떻게 할까요?

→ 사장님, 이번에 샌드위치 연휴인데 우리 회사에서는 어떻게 할까요?

동장님 같은 분이 계시니 **저희** 성내동이 살기 좋은 동네라고 늘 칭찬받는 겁니다.

→ 동장님 같은 분이 계시니 우리 성내동이 살기 좋은 동네라고 늘 칭찬받는 겁니다.

[응용문제]

장로님, **저희** 교회 행사일이 확정되었나요?

→ 장로님, _____ 교회 행사일이 확정되었나요?

'저희'는 '우리'의 낮춤말인데 '우리'와
는 달리 듣는 이를 포함하지 않습니다.

그래서 소속된 집단 내부의 사람들끼리
는 '우리'라는 표현을 써야 합니다.

[해답] 장로님, 우리 교회 행사일이 확정되었나요?

57

02 사물 존칭

오용사례

오늘 어머님한테서

전화 오셨는데….

해설

1990년대부터 등장한 것으로 고객 응대를 하는 곳에서 자주 사용되어 '백화점 높임말'이라는 별명이 붙어 있습니다. 고객만족을 위해 무조건 높임말을 쓰다 보니 생긴 표현입니다. 엄연히 잘못된 표현임에도 쓰지 않았을 경우 고객들이 불친절하다고 항의하기 때문에 어쩔 수 없이 사용한다고 합니다.

사물 존칭이 사라지려면 고객 응대를 하는 사람과 고객 모두 많이 노력해야겠습니다.

[해답] 고객님, 블라우스와 가방이 너무 잘 어울립니다.

오늘 어머님한테서 전화 **오셨는데**….

→ 오늘 어머님한테서 전화가 왔는데….

→ 오늘 어머님이 전화를 하셨는데….

카메라에 SD카드를 그렇게 넣으시면 **부러지세요**.

→ 카메라에 SD카드를 그렇게 넣으시면 부러져요(부러집니다).

주문하신 아메리카노 세 잔 **나오셨습니다**. 할인 **적용되셔서** 7,500원**이**

십니다.

→ 주문하신 아메리카노 세 잔 나왔습니다. 할인 적용되어 7,500원입

니다.

[응용문제]

고객님, 블라우스와 가방이 너무 잘 **어울리세요**.

→ 고객님, 블라우스와 가방이 너무 잘 _____.

03 결제와 결재

오전에 거래처 결재 서류 올려서 오후에 상무님께 결제 받았습니다.

 해설

결제(決濟, payment)는 금전 및 재화의 지불을 의미하며, 결재(決裁, approval)는 제출한 안건을 허가하거나 승인하는 것을 의미합니다.

그러므로 거래처에 지불하는 일은 결제이고, 이 결제가 이루어지도록 승인하는 일은 결재가 됩니다.

오전에 거래처 **결재** 서류 올려서 오후에 상무님께 **결제** 받았습니다.

→ 오전에 거래처 결재 서류 올려서 오후에 상무님께 결재 받았습니다.

현금 **결재**, 카드 **결재** 모두 환영합니다.

→ 현금 결제, 카드 결제 모두 환영합니다.

최근 들어 페이스북 해외**결재** 문자가 늘었는데, 모두 스팸 문자입니다.

→ 최근 들어 페이스북 해외결제 문자가 늘었는데, 모두 스팸 문자입니다.

[응용문제]

할인도 되고 지역경제도 살리는 지역화폐 _____를 추천합니다.

[해답] 할인도 되고 지역경제도 살리는 지역화폐 결제를 추천합니다.

04 웬과 왠

오용사례

오늘은 왠일인지

기분이 좋아 보이네.

해설

'웬'은 '어떠한', '어떻게 된' 정도의 의미이며, 여러 말 앞에 붙여 사용합니다.

'왠'은 '왜인지'의 준말인 '왠지'에만 쓰이는 말입니다. 그러므로 '왠지'와 '왜인 줄'의 준말인 '왠 줄'을 제외하면 모두 '웬'을 쓰는 것이 맞습니다.

'웬일', '웬걸'과 같은 합성어는 붙여쓰는 것을 원칙으로 합니다.

오늘은 **왠**일인지 기분이 좋아 보이네.

→ 오늘은 웬일인지 기분이 좋아 보이네.

삼전주식, **왠**일입니까? 바닥 쳤나요?

→ 삼전주식, 웬일입니까? 바닥 쳤나요?

오늘 따라 **웬지** 파스타가 당기는구나.

→ 오늘 따라 왠지 파스타가 당기는구나.

[응용문제]

갑자기 점심을 산다고 하길래 이게 ___ 떡이냐 했지.

[해답] 갑자기 점심을 산다고 하길래 이게 웬 떡이냐 했지.

05 설레이다와 설레다

오용사례

설레이는 관계를 오랫동안
지속하기 위한 14가지 방법.

해설

'마음이 가라앉지 아니하고 들떠서 두근거리다.'라는 의미를 갖는 동
사의 원형은 '설레다'입니다. '설레(어)서', '설레는', '설렘'과 같이
어미 활용합니다.

'설레이다'가 잘못된 말이기 때문에, '설레여서', '설레이는', '설레
임' 모두 바른 말이 아닙니다.

[해답] 가슴 설레는 휴가의 계절이 돌아왔다.

응용예문

설레이는 관계를 오랫동안 지속하기 위한 14가지 방법.

→ 설레는 관계를 오랫동안 지속하기 위한 14가지 방법.

이번 블랙핑크 콘서트에 갈 생각을 하니 **설레여서** 잠이 오지 않아요.

→ 이번 블랙핑크 콘서트에 갈 생각을 하니 설레어서 잠이 오지 않아요.

나이를 먹다 보니 어느 순간 **설레임**이라는 단어가 낯설게 느껴진다.

→ 나이를 먹다 보니 어느 순간 설렘이라는 단어가 낯설게 느껴진다.

[응용문제]

가슴 **설레이는** 휴가의 계절이 돌아왔다.

→ 가슴 _____ 휴가의 계절이 돌아왔다.

06 맞추다와 맞히다

오용사례

반 아이들과 진도를 <u>맞혀가며</u> 공부하지는 않았지만
기말고사에서 20문항 중 18문제를 <u>맞췄어요</u>.

해설

'맞추다'는 '① 둘 이상의 사물을 서로 맞게 대어 붙이다(짝을 맞추다), ②
나란히 놓고 비교하여 살피다(답안지를 맞추다), ③ 어긋나지 않게 조정하
다(눈금을 맞추다)'는 의미를 가진 낱말입니다.

'맞히다'는 ① 문제에 대한 답을 틀리지 않게 하다(답을 맞히다), ② 쏘거
나 던지거나 한 물체가 어떤 물체에 닿게 하다(과녁을 맞히다)'는 의미를
가진 낱말입니다.

[해답] 우리나라 양궁 선수들은 어떠한 상황에서도 과녁을 맞힐 수 있

는 실력을 닦기 위해 부단히 노력하고 있다.

반 아이들과 진도를 **맞혀가며** 공부하지는 않았지만 기말고사에서 20문항 중 18문제를 **맞췄어요.**

→ 반 아이들과 진도를 맞춰가며 공부하지는 않았지만 기말고사에서 20문항 중 18문제를 맞혔어요.

"한 손 스윙으로 담장을 **맞추다니**" 오타니 괴력, 美 언론 감탄

→ "한 손 스윙으로 담장을 맞히다니" 오타니 괴력, 美 언론 감탄

지금부터 재미있는 넌센스 퀴즈를 낼 테니 **알아맞춰** 보세요!

→ 지금부터 재미있는 넌센스 퀴즈를 낼 테니 알아맞혀 보세요!

[응용문제]

우리나라 양궁 선수들은 어떠한 상황에서도 과녁을 _____ 수 있는 실력을 닦기 위해 부단히 노력하고 있다.

07 부치다와 붙이다

이 편지봉투에 860원 짜리 우표를 <u>부친</u> 후에 우체국에 가서 <u>붙이고</u> 오너라.

 해설

'부치다'는 '① 편지나 물건을 누군가에게 보내다(편지를 부치다), ② 어떤 문제를 다른 곳이나 기회로 넘기다(회의에 부치다), ③ 어떤 일을 문제 삼지 아니하다(극비에 부치다)'는 의미를 가진 낱말입니다.

'부치다'에는 '전 따위를 부치다', 또는 '힘에 부치다'는 의미도 있습니다.

'붙이다'는 ① 맞닿아 떨어지지 않게 하다(스티커를 붙이다), ② 불을 일으켜 타게 하다(성냥에 불을 붙이다)'는 의미를 가진 낱말입니다.

[해답] 안 하던 일을 하려니 오늘 따라 유난히 힘에 부치는구나.

68

응용예문

이 편지봉투에 860원 짜리 우표를 **부친** 후에 우체국에 가서 **붙이고** 오너라.

→ 이 편지봉투에 860원 짜리 우표를 붙인 후에 우체국에 가서 부치고 오너라.

소고기 육전 고소하게 **붙여서** 파절이랑 같이 먹어요.

→ 소고기 육전 고소하게 부쳐서 파절이랑 같이 먹어요.

주민세를 제때 못냈는데 가산세를 **부쳐서** 납부서를 출력할 수 있나요?

→ 주민세를 제때 못냈는데 가산세를 붙여서 납부서를 출력할 수 있나요?

[응용문제]

안 하던 일을 하려니 오늘 따라 유난히 힘에 **붙이는구나**.

→ 안 하던 일을 하려니 오늘 따라 유난히 힘에 _____.

08 되와 돼

 오용사례

지금 상황에서라면 박 대리는 <u>되도</u>

김 차장은 안 <u>된다</u>.

 해설

'돼'는 '되어'의 준말로 '되다'의 활용형인 '되고, 되니, 되어' 중 하나일 뿐입니다. 그러므로 '되'인지 '돼'인지 헷갈린다면 '돼' 대신 '되어'를 넣어서 말이 되면 '돼', 그렇지 않으면 '되'를 쓰면 됩니다.

'뵈다', '쇠다', '아뢰다', '쬐다', '괴다' 등의 낱말도 비슷한 경우라고 할 수 있습니다.

예) 이래**뵈도**(X) → 이래봬도(O)   오늘 **뵈요**(X) → 오늘 봬요(O)

아뢰서(X) → 아뢔서(O)   **괴서**(X) → 괘서(O)

응용예문

지금 상황에서라면 박 대리는 **되도** 김 차장은 안 **된다**.

→ 지금 상황에서라면 박 대리는 돼(되어)도 김 차장은 안 된다.

그렇게 하면 안 **된다**고 내가 몇 번을 이야기 해야 **되**?

→ 그렇게 하면 안 된다고 내가 몇 번을 이야기 해야 돼(되어)?

학생들의 의견을 고려는 하**돼**, 너무 많이 반영하면 안 **되**!

→ 학생들의 의견을 고려는 하되, 너무 많이 반영하면 안 돼(되어)!

[응용문제]

지난 주만 해도 잘 **됬**는데, 오늘 따라 맥북 충전이 잘 안 **되요**.

→ 지난 주만 해도 잘 _____는데, 오늘 따라 맥북 충전이 잘 안 _____.

[해답] 지난 주만 해도 잘 됐(되었)는데, 오늘 따라 맥북 충전이 잘 안

돼(되어)요.

71

09 벌이다와 벌리다

 오용사례

대책도 없이 일만 크게 벌려 놓으면

뒷감당은 누가 하니?

 해설

'벌이다'는 '어떤 일을 시작하거나(사업을 벌이다), 물건을 늘어놓다(책을 벌여 놓다)', '놀이나 잔치를 하다(윷놀이판을 벌이다)' 등의 의미를 지닌 말로 종종 '벌리다'와 혼동하기 쉽습니다.

'벌리다'는 '둘 사이의 간격을 넓게 하다(양팔을 벌리다)'는 의미의 말입니다.

'벌이다'를 써야 할 곳에 '벌리다'를 쓰지 않도록 주의해야 합니다.

대책도 없이 일만 크게 **벌려** 놓으면 뒷감당은 누가 하니?

→ 대책도 없이 일만 크게 벌여 놓으면 뒷감당은 누가 하니?

北 노동신문 "한미훈련 **벌려** 놓으면 다시 원래 상태로 돌아갈 것"

→ 北 노동신문 "한미훈련 벌여 놓으면 다시 원래 상태로 돌아갈 것"

인도에 **벌려** 놓은 물건들 때문에 행인들이 불편해 합니다.

→ 인도에 벌여 놓은 물건들 때문에 행인들이 불편해 합니다.

[응용문제]

최근 사설 도박판을 **벌리다** 검거되는 사례가 늘었다.

→ 최근 사설 도박판을 _____ 검거되는 사례가 늘었다.

[해답] 최근 사설 도박판을 벌이다 검거되는 사례가 늘었다.

10 띠다와 띄다

눈에 잘 <u>띠는</u> 화려한 셔츠를 입은 채 얼굴에는 환한 미소를 <u>띄고</u> 있었다.

해설

'띠다'는 '빛깔이나 색채, 감정이나 기운, 어떠한 성향을 가지다', '임무, 사명 등을 가지다'의 의미를 지닌 말입니다.

'띄다'는 '뜨이다'의 준말로 '눈에 보이다, 두드러지다'의 의미를 가지며, 타동사로 쓰이면 '간격을 벌리다'라는 뜻이 됩니다.

예) 띄어쓰기

[해답] 우리는 민족 중흥의 역사적 사명을 띠고 이 땅에 태어났다.

파견관이란 일정한 임무를 **띠고** 파견된 관리를 말합니다.

→ 파견관이란 일정한 임무를 띠고 파견된 관리를 말합니다.

항저우아시안게임은 10개월 뒤 열릴 2024 파리올림픽 전초전 성격을 **띠고** 있다.

→ 항저우아시안게임은 10개월 뒤 열릴 2024 파리올림픽 전초전 성격을 띠고 있다.

3년만에 '탈마스크' 첫날… 마스크 착용 여전히 눈에 **띠어**

→ 3년만에 '탈마스크' 첫날… 마스크 착용 여전히 눈에 띠어

[응용문제]

우리는 민족 중흥의 역사적 사명을 **띠고** 이 땅에 태어났다.

→ 우리는 민족 중흥의 역사적 사명을 _____ 이 땅에 태어났다.

11 삼가다

이곳은 아이들 통학로이니

흡연을 <u>삼가해</u> 주세요.

 해설

'삼가다'는 '무엇을 꺼리며 조심스럽게 하다'라는 의미를 지닌 말입니다. 부사형으로는 '삼가 고인의 명복을 빕니다'의 형태로 사용됩니다.

'삼가다'를 '삼가하다'로 잘못 알고 사용하는 일이 종종 있습니다. '삼가다'가 '삼가하-' 형태로 활용되는 일은 절대 없으니 사용에 주의하시기 바랍니다.

응용예문

이곳은 아이들 통학로이니 흡연을 **삼가해 주세요**.

→ 이곳은 아이들 통학로이니 흡연을 삼가 주세요.

엘리뇨 현상으로 이온고온이 지속될 예정이니 당분간 외출을 **삼가하시기 바랍니다**.

→ 엘리뇨 현상으로 이온고온이 지속될 예정이니 당분간 외출을 삼가시기 바랍니다.

앞쪽의 버스가 답답하다고 빵빵거리거나 무리하게 앞지르는 행위는 **삼가합시다**.

→ 앞쪽의 버스가 답답하다고 빵빵거리거나 무리하게 앞지르는 행위는 삼갑시다.

[응용문제]

측근에 따르면 최 모 의원은 최근 공식 일정을 **삼가한 채** 잠행을 이어가

고 있다.

→ 측근에 따르면 최 모 의원은 최근 공식 일정을 _____ 잠행을 이어

가고 있다.

[해답] 측근에 따르면 최 모 의원은 최근 공식 일정을 삼간 채 잠행을

이어가고 있다.

~로서와 ~로써

오용사례

회사의 대표<u>로써</u> 말씀드리면 이 제품은 친환경 재료 <u>로서</u> 만들어진 매우 귀한 것입니다.

해설

'~로서'는 '자격/지위의 뒤에 붙여 사용하는 격 조사(공무원으로서, 교사로 세)'이며, '~로써'는 '수단/방법, 원료/재료의 뒤에 붙여 사용하는 격 조사(믿음으로써, 메밀로써)'입니다.

'A는 B로서'에서 'A=B'의 관계가 성립하면 '~로서'를 쓰는 것이 맞고, 'B를 가지고' 또는 'B를 이용하여'라는 의미라면 '~로써'를 사용하는 것이 맞습니다.

회사의 대표**로써** 말씀드리면 이 제품은 친환경 재료**로서** 만들어진 매우

귀한 것입니다.

→ 회사의 대표로서(화자=대표) 말씀드리면 이 제품은 친환경 재료로써

(재료를 이용하여) 만들어진 매우 귀한 것입니다.

전직 웹 디자이너**로써** 또 현직 유튜버**로써** 이 제품에 대해 간단히 말씀드

리겠습니다.

→ 전직 웹 디자이너로서 또 현직 유튜버로서 이 제품에 대해 간단히 말

씀드리겠습니다.(화자=전직 웹 디자이너=현직 유튜버)

이 음식은 설탕 대신 아스파탐과 같은 감미료**로서** 단 맛을 냅니다.

→ 이 음식은 설탕 대신 아스파탐과 같은 감미료로써 단 맛을 냅니다.

(감미료를 이용하여)

[응용문제]

율령의 제정은 법<u>으로서</u> 국가를 통치하겠다는 의지를 표현한 것이다.

→ 율령의 제정은 법_____ 국가를 통치하겠다는 의지를 표현한 것이다.

'~을 가지고', '~을 통해'처럼 도구 또는 방법을 의미할 때는 '~로써'를 쓰면 됩니다.

그 외에 자격을 의미할 때는 '~로서'가 맞습니다. '작가로서', '부모로서'처럼요.

[해답] 율령의 제정은 법으로써 국가를 통치하겠다는 의지를 표현한 것이다.

13 들러와 들려

 오용사례

외근 나가기 전에
나한테 잠깐 <u>들려</u>!

 해설

'들르다'는 '지나는 길에 잠깐 들어가 머무르다'는 의미를 지닌 말입니다. 이 말의 활용형 중 하나인 '들러'는 종종 '들려'로 혼동되어 사용되는데, '들러'라고 쓰는 것이 맞습니다.

'들리다'는 '듣다'의 피동형으로 '사람이나 동물의 감각 기관을 통해 소리가 알아차려지다', '들다'의 피동형으로 '아래에 있는 것이 위로 올려지다' 등의 의미를 가진 말로 활용형은 '들려'가 맞습니다.

외근 나가기 전에 나한테 잠깐 **들려**!

→ 외근 나가기 전에 나한테 잠깐 들러!

둔촌도서관에 **들려서** 그림책을 보다가 대여해왔다.

→ 둔촌도서관에 들러서 그림책을 보다가 대여해왔다.

청계천에 가면 서울 책방거리에 **들려볼** 가치가 있다.

→ 청계천에 가면 서울 책방거리에 들러볼 가치가 있다.

[응용문제]

프랑스 자유여행 시 **들려보면** 좋을 명소를 소개하면 다음과 같다.

→ 프랑스 자유여행 시 _____ 좋을 명소를 소개하면 다음과 같다.

[해답] 프랑스 자유여행 시 들러보면 좋을 명소를 소개하면 다음과 같다.

14 안과 않

잘못된 것이 있다면 이번 기회에 모두 바꾸지 <u>안으</u> <u>면</u> <u>않</u> 돼.

해설

'안'은 부사인 '아니'의 준말이고, '않'은 형용사인 '아니하'의 준말입니다. 그러므로 '안'과 '않' 대신에 '아니'와 '아니하'를 넣어서 말이 되는 쪽으로 쓰면 됩니다. 또 동사나 형용사를 앞쪽에서 부정한다면 '안'을 쓰고, 뒤쪽에서 부정한다면 '않'을 쓰면 됩니다.

예) 안 갔다(O), 않갔다(X)

　　싫지 않다(O), 싫지 안다(X)

[해답] 그 녀석은 메시지를 보내지 않았으니(아니하였으니) 아마도 안

　　　 (아니) 올 거야.

응용예문

잘못된 것이 있다면 이번 기회에 모두 바꾸지 **안으면 않 돼**.

→ 잘못된 것이 있다면 이번 기회에 모두 바꾸지 않으면(아니하면) 안 돼

　　(아니 돼).

왜 **않 되는지** 그 이유를 정확하게 이야기해 보아라.

→ 왜 안(아니) 되는지 그 이유를 정확하게 이야기해 보아라.

우리 아이가 요즈음 공부를 통 하지 **안아서** 걱정입니다.

→ 우리 아이가 요즈음 공부를 통 하지 않아서(아니하여서) 걱정입니다.

[응용문제]

그 녀석은 메시지를 보내지 **안았으니** 아마도 **않 올 거야**.

→ 그 녀석은 메시지를 보내지 _____ 아마도 _____.

15 　튼과 던

 오용사례

그날 <u>흩날리든</u> 꽃잎이
얼마나 <u>찬란하든지</u>!

 해설

'든'은 어느 것이 선택되어도 차이가 없는 둘 이상의 일을 나열할 때
쓰는 보조사입니다.

예) ① 공부든 운동이든　　　　② 치킨이든지 삼겹살이든지

'던'은 지난 일을 나타내는 어미로 '더라', '던지' 등으로 활용합니다.

예) ① 어제는 너무 덥더라.　　② 왜 그리 안쓰럽던지.

그날 **흩날리든** 꽃잎이 얼마나 **찬란하든지**!

→ 그날 흩날리던 꽃잎이 얼마나 찬란하던지!

그렇게 마음에 안 들면 네가 직접 **하던지**.

→ 그렇게 마음에 안 들면 네가 직접 하든지(말든지).

가던지 오던지 네 마음대로 선택해라.

→ 가든지 오든지 네 마음대로 선택해라.

[응용문제]

그 사람 거짓말을 참 **잘하든데**, 그걸 보고 얼마나 놀랐는지 몰라.

→ 그 사람 거짓말을 참 _____, 그걸 보고 얼마나 놀랐는지 몰라.

[해답] 그 사람 거짓말을 참 잘하던데, 그걸 보고 얼마나 놀랐는지 몰라.

16 한 번과 한번

오용사례

한 사람당 <u>한번</u>의 기회를 준다니, 이번에야말로 <u>한 번</u> 도전해볼까?

해설

'한'이 수량을 나타내고, '번'이 차례를 나타내는 의존명사로 쓰여 '1회'의 의미를 지닐 때는 띄어씁니다.

예) ① 한 번의 기회   ② 이번 한 번만

'한번'이 '과거의 어느때'를 의미하거나 뒷말을 강조하는 부사로 사용되었을 때는 붙여씁니다. 부사의 경우, 생략해도 뜻이 통합니다.

예) ① 언젠가 한번은   ② 투자 한번 해 보시죠.

[해답] 한번은(언젠가) 해외여행 중에 우연히 지인을 만났다.

응용예문

한 사람당 **한번**의 기회를 준다니, 이번에야말로 **한 번** 도전해볼까?

→ 한 사람당 한 번(1회)의 기회를 준다니, 이번에야말로 한번(강조) 도

전해볼까?

인생에 **한번** 소중한 기회를 만났다.

→ 인생에 한 번(1회) 소중한 기회를 만났다.

지난 일은 잊고 다시 **한 번** 도전해 봐!

→ 지난 일은 잊고 다시 한번 도전해 봐!

→ 지난 일은 잊고 다시 도전해 봐! (강조의 의미라 생략해도 됨)

[응용문제]

한 번은 해외여행 중에 우연히 지인을 만났다.

→ _____은 해외여행 중에 우연히 지인을 만났다.

17 맞다와 맞는다

 오용사례

내 생각이 <u>맞다면</u>
곧 인사이동이 있지 않을까?

 해설

'틀리지 않았음'을 뜻하는 '맞다'라는 말은 동사입니다. 그러므로 다른 동사들처럼 '맞는다'로 활용하는 것이 맞습니다.

예) 웃다 → 웃다면(×), 웃는다면

　　 맞다 → 맞다면(×), 맞는다면

'맞다'라는 말이 너무도 광범위하게 쓰여서 문법에 맞는 '맞는다'가 오히려 어색하게 여겨집니다.

예) 네 말이 맞다(×). → 네 말이 맞는다

90

내 생각이 **맞다면** 곧 인사이동이 있지 않을까?

→ 내 생각이 맞는다면 곧 인사이동이 있지 않을까?

본인이 **맞다면** 휴대폰으로 전송된 인증번호를 기입하세요.

→ 본인이 맞는다면 휴대폰으로 전송된 인증번호를 기입하세요.

네가 아까 뵌 분이 본부장님이 **맞다**.

→ 네가 아까 뵌 분이 본부장님이 맞는다.

[응용문제]

오랜 시간 함께한 것처럼 그 사람들과 호흡이 잘 **맞구나**!

→ 오랜 시간 함께한 것처럼 그 사람들과 호흡이 잘 _____!

[해답]   오랜 시간 함께한 것처럼 그 사람들과 호흡이 잘 맞는구나!

18 오와 요

이것이 특식<u>이오</u>, 저것이 디저트입니다. 디저트 챙기는 걸 잊지 <u>마시요</u>.

해설

종결형에서 사용되는 어미 '-오'는 '요'로 소리나는 경우가 있더라도 그 원형을 밝혀 '오'로 적습니다. '이다' 또는 '아니다'의 어간에 붙어 연결형으로 사용하는 '이요'는 '이요'로 적습니다.

한편, 단답형 대답에 쓰이는 '요'는 '요'로 적되, '이요'라고 적는 것도 허용됩니다.

예) 이게 뭔가요?

　　이번 달 신제품요(이요).

응용예문

이것이 특식**이오**, 저것이 디저트입니다. 디저트 챙기는 걸 잊지 **마시요**.

→ 이것이 특식이요(연결형 어미), 저것이 디저트입니다. 디저트 챙기는

걸 잊지 마시오(마세요)(종결형 어미).

이만 일어서겠습니다. 안녕히 **계십시요**.

→ 이만 일어서겠습니다. 안녕히 계십시오.

여기는 선착장**이오**, 저기는 방파제다.

→ 여기는 선착장이요, 저기는 방파제다.

[응용문제]

이곳은 사유지이니 외부인은 주차하지 **마시요**.

→ 이곳은 사유지이니 외부인은 주차하지 _____.

[해답] 이곳은 사유지이니 외부인은 주차하지 마시오(마세요).

19 | 어떻게와 어떡해

오용사례

요즘 <u>어떡해</u> 지내?

나는 시험에서 떨어졌어. 이제 <u>어떻하지</u>?

해설

'어떻게'는 '어떻다'의 활용형으로 서술어를 꾸며주는 부사로 사용됩니다. '어떡해'는 '어떡하다'의 활용형으로 주로 서술어로 사용됩니다. 그러므로 직접 서술어로 쓰일 때는 '어떡해', 뒷말을 꾸며줄 때는 '어떻게'를 쓰면 됩니다.

예) 어떡하지?

     어떻게 해서

[해답] 기후위기를 '사기극'으로 믿는 이들을 어떻게 대할까?

94

요즘 **어떡해** 지내? 나는 시험에서 떨어졌어. 이제 **어떻하지**?

→ 요즘 어떻게 지내? 나는 시험에서 떨어졌어. 이제 어떡하지?

어떡게 하면 경제 위기를 극복할 수 있겠습니까?

→ 어떻게 하면 경제 위기를 극복할 수 있겠습니까?

→ 어떡하면 경제 위기를 극복할 수 있겠습니까?

소심한 아이, **어떡게 하면** 강해질까요?

→ 소심한 아이, 어떻게 하면 강해질까요?

→ 소심한 아이, 어떡하면 강해질까요?

[응용문제]

기후위기를 '사기극'으로 믿는 이들을 **어떡게** 대할까?

→ 기후위기를 '사기극'으로 믿는 이들을 _____ 대할까?

20 알맞은과 알맞는

다음 보기 중에서 <u>알맞는</u> 것을
있는 대로 고르시오.

 해설

'알맞다'는 형용사입니다. 보통 형용사의 관형사형 어미로 '은'을 사용하고 동사는 '는'을 사용합니다.

'알맞는'은 '알맞다'를 동사인 '맞다'와 같은 유형으로 착각하여 '는'을 붙인 것으로 보입니다. 비슷한 예로 '걸맞다'도 형용사이므로 '알맞다'와 같은 형태로 활용합니다.

예) 맞다(동사) : 맞는 답안, 맞는 음식

　　알맞다(형용사) : 알맞은 답안, 알맞은 음식

[해답] 글로벌 시대에 걸맞은 경쟁력을 갖추려면 어떻게 해야 하나?

96

응용예문

다음 보기 중에서 **알맞는** 것을 있는 대로 고르시오.

→ 다음 보기 중에서 알맞은 것을 있는 대로 고르시오.

나에게 **알맞는** 직업을 찾기 위해 취업박람회에 가보았다.

→ 나에게 알맞은 직업을 찾기 위해 취업박람회에 가보았다.

쌍꺼풀 재수술에 가장 **알맞는** 수술 시기와 비용은?

→ 쌍꺼풀 재수술에 가장 알맞은 수술 시기와 비용은?

[응용문제]

글로벌 시대에 **걸맞는** 경쟁력을 갖추려면 어떻게 해야 하나?

→ 글로벌 시대에 _____ 경쟁력을 갖추려면 어떻게 해야 하나?

21 이에요와 이예요

 오용사례

걸그룹 포미닛의 노래를 흥얼거렸다.
'이름이 뭐에요? 전화번호 뭐에요?'

 해설

'예요'는 '이에요'의 준말로 받침이 없는 말 뒤에는 '예요', 받침이 있는 말 뒤에는 '이에요'가 쓰입니다.

부정을 의미하는 '아니' 뒤에는 '에요'가 쓰입니다.

예외적으로 접미사 '이'가 붙는 말 뒤에는 '에요'와 '예요' 둘 다 사용해도 무방합니다.

예) 저는 멍청이에요.　　　　　저는 멍청이예요.

[해답] 함께 있기는 했지만 그 작업은 제가 한 게 아니에요.

응용예문

걸그룹 포미닛의 노래를 흥얼거렸다. '이름이 뭐<u>에요</u>? 전화번호 뭐<u>에요</u>?'

→ 걸그룹 포미닛의 노래를 흥얼거렸다. '이름이 뭐예요? 전화번호 뭐예요?' ('무엇이에요'의 준말)

그건 구한말 시대의 모자<u>에요</u>. 제가 가장 아끼는 수집품<u>이예요</u>.

→ 그건 구한말 시대의 모자예요. (받침 없음) 제가 가장 아끼는 수집품이에요. (받침 있음)

그 친구의 이름은 인범이에요. (인범 + 이에요)

→ 그 친구의 이름은 인범이예요. (인범이 + 예요)

[응용문제]

함께 있기는 했지만 그 작업은 제가 한 게 **아니예요**.

→ 함께 있기는 했지만 그 작업은 제가 한 게 _____.

(부정을 뜻하는 '아니' 뒤에 오면)

22 다르다와 틀리다

 오용사례

BTS의 스타일은

우리랑은 완전히 <u>틀려</u>!

 해설

'다르다'는 '같지 않다'는 의미로 (어떤 대상을) 비교할 때 쓰입니다.
(different, 반대말은 '같다')

'틀리다'는 '옳지 아니하게 되다. 잘못되다'는 의미로 옳고 그름을 가
릴 수 있을 때 씁니다. (wrong, 반대말은 '맞다')

보통 '다르다'를 써야 할 곳에 '틀리다'를 사용하는 경우가 많습니다.

보통 부정적인 느낌(영어의 wrong 또는 err)이 드는 곳에 '틀리다'를 사용하
면 됩니다.

[해답] 민수랑은 다르게 너는 책을 제대로 읽었구나.

BTS의 스타일은 우리랑은 완전히 **틀려**!

→ BTS의 스타일은 우리랑은 완전히 달라!

피부 색깔, 말은 모두 **틀려도** 우리는 자랑스러운 인간이다.

→ 피부 색깔, 말은 모두 달라도 우리는 자랑스러운 인간이다.

젓가락 짝이 **틀린** 것은 그렇게 똑똑히 아시는 양반이 사람짝이 **틀린** 것은

어째서 그토록 모르시나요?

→ 젓가락 짝이 다른 것은 그렇게 똑똑히 아시는 양반이 사람짝이 다른

　것은 어째서 그토록 모르시나요?

[응용문제]

민수랑은 **틀리게** 너는 책을 제대로 읽었구나.

→ 민수랑은 _____ 너는 책을 제대로 읽었구나.

23 다행이와 다행히

 오용사례

다행이도 얼마 지나지 않아

그를 만날 수 있었다.

 해설

'다행히'는 '뜻밖에 일이 잘되어 운이 좋게'라는 뜻의 부사어입니다. '다행이'는 어법에 맞지 않는 말이므로, 사용에 주의하여야 하겠습니다. 단, 부사가 아닌 서술어로 사용될 때는 '다행이다'가 맞습니다.

'다행하다, 원만하다, 원활하다, 정확하다'처럼 '~하다'를 붙였을 때 어색함이 없다면 '히'를 사용하는 것이 맞습니다.

예) 다행히, 원만히, 원활히, 정확히

단, '깨끗이'는 예외

[해답] 그대를 안고서 힘이 들면 눈물 흘릴 수가 있어서 다행이다.

다행이도 얼마 지나지 않아 그를 만날 수 있었다.

→ 다행히도 얼마 지나지 않아 그를 만날 수 있었다.

다행이 이번 태풍에 큰 피해를 입지는 않았다.

→ 다행히 이번 태풍에 큰 피해를 입지는 않았다.

대형 사고가 발생했지만 **다행이**도 다친 사람은 없었다.

→ 대형 사고가 발생했지만 다행히도 다친 사람은 없었다.

[응용문제]

그대를 안고서 힘이 들면 눈물 흘릴 수가 있어서 **다행히다**.

→ 그대를 안고서 힘이 들면 눈물 흘릴 수가 있어서 _____.

　(이적, 〈다행이다〉 중에서)

24 믿겨지지와 믿어지지

오용사례

영화 〈기생충〉이 아카데미 상을 받다니 정말 믿겨지지 않아.

해설

'믿다'의 피동표현은 '믿기다'입니다. 또한 피동의 뜻을 나타내는 보조용언 '(-어)지다'를 붙여 '믿어지다'라고 쓸 수도 있습니다.

'믿겨지다'는 피동의 의미가 중복되므로 '믿기다' 또는 '믿어지다'로 대체하여 사용하시기 바랍니다.

[해답] 그 가격에 이 퀄리티라니 정말 믿어지지(믿기지) 않는다.

응용예문

영화 〈기생충〉이 아카데미 상을 받다니 정말 **믿겨지지** 않아.

→ 영화 〈기생충〉이 아카데미 상을 받다니 정말 믿기지 않아.

→ 영화 〈기생충〉이 아카데미 상을 받다니 정말 믿어지지 않아.

20대 같은 피부와 몸매! 올해 50살이라고는 **믿겨지지** 않는 그녀의 피부 관리 비결은?

→ 20대 같은 피부와 몸매! 올해 50살이라고는 믿어지지(믿기지) 않는 그녀의 피부 관리 비결은?

벌써 목요일이라니 **믿겨지지가** 않네요!

→ 벌써 목요일이라니 믿기지가(믿어지지) 않네요!

[응용문제]

그 가격에 이 퀼리티라니 정말 **믿겨지지** 않는다.

→ 그 가격에 이 퀼리티라니 정말 _____ 않는다.

25 끼어들다와 끼여들다

오용사례

이 부근은 정체 시 <u>끼여들기</u> 위반이 자주 발생하는 곳이다.

해설

'끼어들다'는 '자기 순서나 자리가 아닌 틈 사이를 비집고 들어서다' 는 의미의 단어로 '끼어들어', '끼어들기' 등으로 활용됩니다.

'끼여들다'는 잘못된 표현이므로 '끼어들다'를 사용하시기 바랍니다. 단 '끼어서'(끼다+어서)와 '끼여서'(끼이다+어서)는 두 가지 모두 사용해도 됩니다. '끼이다'는 '끼다'의 피동형으로 보통 같은 의미로 사용됩니다.

[해답] 자기와 관계없는 싸움에 끼어드는 것은 개의 귀를 붙잡는 것과 같다.

이 부근은 정체 시 **끼여들기** 위반이 자주 발생하는 곳이다.

→ 이 부근은 정체 시 끼어들기 위반이 자주 발생하는 곳이다.

필요할 때 조언을 해줄 수는 있지만 그사람의 인생에 **끼여들어서는** 안 됩니다.

→ 필요할 때 조언을 해줄 수는 있지만 그사람의 인생에 끼어들어서는 안 됩니다.

문틈에 옷자락이 끼어서 잘 **빠지지** 않는다.

→ 문틈에 옷자락이 끼여서 잘 **빠지지** 않는다.

[응용문제]

자기와 관계없는 싸움에 **끼여드는** 것은 개의 귀를 붙잡는 것과 같다.

→ 자기와 관계없는 싸움에 _____ 것은 개의 귀를 붙잡는 것과 같다.

26 개발과 계발

 오용사례

너는 문학적 재능이 뛰어나니 그 재능을 <u>개발</u>하여
작가가 되어도 좋겠다.

 해설

'개발(開發)'은 '자기에 대한 새로운 그 무엇을 만들어냄. 또는 자신의
지식이나 재능 따위를 발달하게 함'을 의미하고, '계발(啓發)'은 '자신
이 이미 가지고 있는 슬기나 재능, 사상 따위를 일깨워 줌'을 의미한
다고 합니다.

즉 가지지 못한 것을 새롭게 배우거나 만들어낼 때 '개발'을, 이미 가지
고 있는 재능을 더욱 발전시킬 때 '계발'을 쓰면 좋겠습니다.

혼동되어 사용되는 자기개발서(自己開發書)와 자기계발서(自己啓發書) 모두
맞는 표현입니다.

[해답] KT, 리벨리온과 손잡고 AI 반도체 개발 속도 높인다.

108

너는 문학적 재능이 뛰어나니 그 재능을 **개발**하여 작가가 되어도 좋겠다.

→ 너는 문학적 재능이 뛰어나니 그 재능을 계발하여 작가가 되어도 좋겠다. (이미 가지고 있는 능력이므로)

한국과학기술연구원에서 리튬이온 전지의 열폭주 현상을 막을 수 있는 난연성 전해액이 **계발**됐다.

→ 한국과학기술연구원에서 리튬이온 전지의 열폭주 현상을 막을 수 있는 난연성 전해액이 개발됐다.

우리 회사 직원들 모두 자기 개발에 열심입니다.

→ 우리 회사 직원들 모두 자기 계발에 열심입니다.

[응용문제]

KT, 리벨리온과 손잡고 AI 반도체 **계발** 속도 높인다.

→ KT, 리벨리온과 손잡고 AI 반도체 _____ 속도 높인다.

27 싯가와 시가

 오용사례

마침 급매로 내놓은 곳이 있어서 <u>싯가</u> 8억 원의 집을 7억 원에 샀다.

 해설

사이시옷은 순우리말로 된 합성어 중에서 앞말이 모음으로 끝났을 때와 순우리말과 한자어로 된 합성어 중에서 앞말이 모음으로 끝난 경우에 사용합니다.

예) 시냇가, 부싯돌, 공깃밥, 훗날, 제삿날, 죗값

한자어 조합에는 사이시옷을 사용하지 않지만 '곳간(庫間), 셋방(貰房), 숫자(數字), 찻간(車間), 툇간(退間), 횟수(回數)'는 예외적으로 사용합니다.

후행 음절에 경음/격음이 있으면 사이시옷을 쓰지 않습니다.

예) 뒤쪽, 뒤통수, 코털, 위층

마침 급매로 내놓은 곳이 있어서 **싯가** 8억 원의 집을 7억 원에 샀다.

→ 마침 급매로 내놓은 곳이 있어서 시가 8억 원의 집을 7억 원에 샀다.

　(시가(市價)는 시장가격이라는 뜻으로 '시가'로 써야 합니다)

성인의 치아 **갯수**는 몇 개인지 아니?

→ 성인의 치아 개수는 몇 개인지 아니? (개수(個數)는 한자어 조합)

쌍방울 '대북송금' 의혹 뇌물 혐의 적용될까…. 검찰, **댓가**성 규명 집중

→ 쌍방울 '대북송금' 의혹 뇌물 혐의 적용될까…. 검찰, 대가성 규명 집

　중 (대가(代價) 역시 한자어 조합)

[응용문제]

뒷처리는 늘 내 몫이다. → _____는 늘 내 몫이다.

[해답] 뒤처리는 늘 내 몫이다.

28 **보여지다와 보이다**

 오용사례

장맛비는 내달 3일 제주·남부권에서 다시 시작될 것
으로 <u>보여진다</u>.

 해설

'보다'의 피동형은 '보이다'입니다. 주체가 의지를 가지고 보는 것이
'보다'이고 주체의 의지에 관계없이 보이는 것이 '보이다'입니다.

'보여지다'라는 말은 이중 피동형태로 잘못된 말입니다.

신문과 뉴스 기사에서 흔히 '보여진다', '분석된다', '판단된다' 등의
피동형 표현을 볼 수 있는데, 이런 식의 피동형 표현은 가급적 피하
는 것이 좋습니다.

장맛비는 내달 3일 제주·남부권에서 다시 시작될 것으로 **보여진다**.

→ 장맛비는 내달 3일 제주·남부권에서 다시 시작될 것으로 보인다.

지금 보험 업종은 현명한 투자자들이 먼저 선진입하고 있는 시점이라고 **보여진다**.

→ 지금 보험 업종은 현명한 투자자들이 먼저 선진입하고 있는 시점이라고 보인다.

제 관점에서는 현재 본격적인 추세가 잡히기 전 변곡점에 도달한 상황이라고 **보여집니다**.

→ 제 관점에서는 현재 본격적인 추세가 잡히기 전 변곡점에 도달한 상황으로 보입니다.

저쪽에서 몸을 풀고 있는 선수가 바로 손흥민 선수로 **보여집니다**.

→ 저쪽에서 몸을 풀고 있는 선수가 바로 손흥민 선수로 _____.

보다의 피동형은 '보이다'입니다. 그
래서 '보이다 + ~지다(피동형 어
미)'처럼 만들어진 '보여지다'는 이
중피동이라고 이야기합니다.
다시 말해 '보이다'만으로도 이미 피
동의 의미가 충분히 전해집니다.

[해답] 저쪽에서 몸을 풀고 있는 선수가 바로 손흥민 선수로 보입니다.

29 치루다와 치르다

맨시티는 전반기 빅6 상대로 4경기를 <u>치뤄서</u> 3승 1 무를 기록했다.

해설

'치르다'는 '주어야 할 돈을 내주다(잔금을 치르다)' 또는 '무슨 일을 겪어 내다(시험을 치르다)'의 의미를 가진 말로 '치러', '치러서' 등과 같이 활용합니다.

'치르다'가 표준말이고 '치루다'는 잘못된 표현입니다.

그러므로 '치뤄, 치루고, 치루니, 치뤘다'가 아니라 '치러, 치르고, 치르니, 치렀다'를 사용하는 것이 옳습니다.

맨시티는 전반기 빅6 상대로 4경기를 **치뤄서** 3승 1무를 기록했다.

→ 맨시티는 전반기 빅6 상대로 4경기를 치러서 3승 1무를 기록했다.

얼마 전에 장례식을 **치뤄서** 조의 답례품을 제작하려고 하는데 가성비 좋은 상품을 추천해 주세요.

→ 얼마 전에 장례식을 치러서 조의 답례품을 제작하려고 하는데 가성비 좋은 상품을 추천해 주세요.

민간 청약에 당첨되어 곧 입주인데 잔금 **치루고** 며칠 뒤에 이사 해도 상관없을까요?

→ 민간 청약에 당첨되어 곧 입주인데 잔금 **치르고** 며칠 뒤에 이사 해도 상관없을까요?

[응용문제]

코로나 19 때문에 시험을 못 **치루면** 점수를 어떻게 주시나요?

→ 코로나 19 때문에 시험을 못 _____ 점수를 어떻게 주시나요?

'행사를 치르다, 대가를 치르다, 희생을 치르다, 품삯을 치르다'처럼 모두 '치르다'를 사용하면 됩니다.
과거형인 경우 당연히 '치뤘다'가 아니라 '치렀다'가 되겠죠.

[해답] 코로나 19 때문에 시험을 못 치르면 점수를 어떻게 주시나요?

117

30 금새와 금세

 오용사례

이번에 출시된 신제품 초도 물량은

<u>금새</u> 동이 나버렸다.

 해설

'금세'는 부사로 '금시에'가 줄어든 말이므로 '금새'가 아니라 '금세'라고 쓰는 것이 맞습니다.

'금새'는 '물건의 값 또는 물건값의 비싸고 싼 정도'를 의미하는 명사입니다.

한편 '요새'는 '요사이'가 줄어든 것으로 '요세'가 아니라 '요새'로 표기합니다. 또한 '그새'도 '그사이'가 줄어든 것으로 '그세'가 아니라 '그새'로 표기합니다.

[해답] 무더위에 장마철인데 요새 어떻게 지내세요?

이번에 출시된 신제품 초도 물량은 **금새** 동이 나버렸다.

→ 이번에 출시된 신제품 초도 물량은 금세 동이 나버렸다.

어린 시절 배앓이를 할 때 어머니가 배를 문질러주면 **금새** 괜찮아지
곤 했던 경험이 있다.

→ 어린 시절 배앓이를 할 때 어머니가 배를 문질러주면 금세 괜찮아
지곤 했던 경험이 있다.

회의 중이라고 잠시 기다리라고 했더니 **그세**를 못참고 가버렸네.

→ 회의 중이라고 잠시 기다리라고 했더니 그새를 못참고 가버렸네.

[응용문제]

무더위에 장마철인데 **요세** 어떻게 지내세요?

→ 무더위에 장마철인데 _____ 어떻게 지내세요?

31 끼어와 끼여

 오용사례

저 건물은 외벽에 이끼가 잔뜩 <u>끼여</u>
더욱 고풍스럽다.

 해설

'벌어진 사이에 무엇을 넣고 죄어서 빠지지 않게 하다'는 의미의 '끼이다'의 준말인 '끼다'는 '끼여(끼이어)' 또는 '끼어' 두 가지 모두 사용 가능합니다.

하지만 '안개나 연기 따위가 퍼져서 서리다.' '때, 먼지, 이끼, 녹 따위가 엉겨 붙다'는 의미의 '끼다'는 오직 '끼어'로만 활용합니다.

응용예문

저 건물은 외벽에 이끼가 잔뜩 **끼여** 더욱 고풍스럽다.

→ 저 건물은 외벽에 이끼가 잔뜩 끼어 더욱 고풍스럽다.

그는 도착하자마자 기쁜 듯이 친구들 사이에 끼여(끼이어) 앉았다.

→ 그는 도착하자마자 기쁜 듯이 친구들 사이에 끼어 앉았다.

그 운동화는 때가 잔뜩 **끼여** 검은 색으로 보인다.

→ 그 운동화는 때가 잔뜩 끼어 검은 색으로 보인다.

[응용문제]

호수 주변은 안개가 잔뜩 **끼여** 앞을 볼 수 없었다.

→ 호수 주변은 안개가 잔뜩 _____ 앞을 볼 수 없었다.

[해답] 호수 주변은 안개가 잔뜩 끼어 앞을 볼 수 없었다.

오랫만에와 오랜만에

오랫만에 옛 친구 얼굴을 보니 옛날 기억이 새록새
록 떠오른다.

 해설

'오랜만에'는 '오래간만에'의 준말입니다. 간혹 '오래'와 '만'이 결합
되어 만들어진 단어라는 생각에서 '오랫만(×)'으로 쓰는 사람도 있으
나 이는 틀린 표현입니다.

한편 '오랫동안'은 부사 '오래'와 명사 '동안'이 결합하면서 사이시옷
이 들어간 합성어로 '오랜동안(×)'이 아니라 '오랫동안'으로 쓰는 것
이 맞습니다.

[해답] 오랫동안의 노력이 이제야 결실을 맺었구나.

응용예문

오랫만에 옛 친구 얼굴을 보니 옛날 기억이 새록새록 떠오른다.

→ 오랜만에 옛 친구 얼굴을 보니 옛날 기억이 새록새록 떠오른다.

　('오래간만에'가 줄어서 '오랜만에'가 되었음)

이 도시를 다시 방문한 것은 정말 **오랫만이다.**

→ 이 도시를 다시 방문한 것은 정말 오랜만이다.

메스꺼움, 체한 증상을 **오랜동안** 호소하는 우리 아이, 괜찮은 걸까?

→ 메스꺼움, 체한 증상을 오랫동안 호소하는 우리 아이, 괜찮은 걸까?

[응용문제]

오랜동안의 노력이 이제야 결실을 맺었구나.

→ _____의 노력이 이제야 결실을 맺었구나.

33 장이와 쟁이

오용사례

<u>개구장이</u> 내 친구는 가업을 이어

<u>옹기쟁이</u>가 되었다.

해설

'장이'는 수공업자, 즉 장인(匠人)의 명칭 뒤에 붙이는 접미사이고, '쟁이'는 어떤 성격 특성을 가진 사람을 지칭하는 말(욕심쟁이, 심술쟁이, 난쟁이)의 뒤에 붙이는 접미사입니다.

직업을 나타내는 말이기는 하지만 수공업이 아닌 경우라면 '쟁이'를 씁니다.

예) 중매쟁이, 환쟁이, 글쟁이, 점쟁이

[해답] 그 친구는 은퇴 후에 일을 배워 도배장이 일을 하고 있다.

개구장이 내 친구는 가업을 이어 **옹기쟁이**가 되었다.

→ 개구쟁이 내 친구는 가업을 이어 옹기장이가 되었다.

저 세 사람은 **수다장이**, **심술장이**, **욕심장이**로 통한다.

→ 저 세 사람은 수다쟁이, 심술쟁이, 욕심쟁이로 통한다.

연못 위로 **소금장이**가 여러 마리 보인다.

→ 연못 위로 소금쟁이가 여러 마리 보인다.

　(이 곤충의 어원인 소금쟁이는 소금장수를 가리키는 말입니다.)

[응용문제]

그 친구는 은퇴 후에 일을 배워 **도배쟁이** 일을 하고 있다.

→ 그 친구는 은퇴 후에 일을 배워 _____ 일을 하고 있다.

34 통채로와 통째로

오용사례

시장 통닭은 닭을 토막내지 않고 <u>통채로</u> 기름에 튀겨낸다.

해설

'통째로'는 '나누지 않고 덩어리 그대로'라는 뜻의 부사어로, 흔히 '통채로'라고 잘못 사용합니다. '한덩어리' 또는 '모두'라는 의미의 '통'에 접미사 '째'가 붙어 만들어진 말입니다.

여기서 '째'는 '그대로' 또는 '전부'를 뜻합니다.

예) 그릇째, 박스째, 봉지째, 껍질째

[해답] 부산신항의 선박 안전을 위협하던 작은 무인섬 토도가 통째로 사라졌다.

응용예문

시장 통닭은 닭을 토막내지 않고 **통채로** 기름에 튀겨낸다.

→ 시장 통닭은 닭을 토막내지 않고 통째로 기름에 튀겨낸다.

이번 태풍에 아름드리 나무가 **통채로** 넘어갔다.

→ 이번 태풍에 아름드리 나무가 통째로 넘어갔다.

그 친구는 이번에 사업을 시작하면서 건물 한 층을 **통채로** 세내어 사용하고 있다.

→ 그 친구는 이번에 사업을 시작하면서 건물 한 층을 통째로 세내어 사용하고 있다.

[응용문제]

부산신항의 선박 안전을 위협하던 작은 무인섬 토도가 **통채로** 사라졌다.

→ 부산신항의 선박 안전을 위협하던 작은 무인섬 토도가 ＿＿＿＿ 사라졌다.

35 몇일과 며칠

국가부도사태가 일어났던 날은
정확히 몇 년 몇 월 몇 일이냐?

 해설

'그 달의 몇 번째 날' 또는 '여러 날'이라는 뜻의 단어 '며칠'은 '몇일'로
표기하지 않고 '며칠'로 표기합니다.

'몇 년'이나 '몇 월' 등은 올바른 표현이며, '몇일'은 일상에서 자주
쓰이지만 틀린 표현입니다.

'며칠'은 '몇'+'일(日)'이 아닌 '몇' + 접미사 '-을'에서 유래한 것으로
봅니다. 여기서 접미사 '-을'은 '이틀', '사흘', '나흘' 등에서 찾아볼
수 있습니다.

응용예문

국가부도사태가 일어났던 날은 정확히 몇 년 몇 월 **몇 일**이냐?

→ 국가부도사태가 일어났던 날은 정확히 몇 년 몇 월 며칠이냐?

이번 행사를 위해 **몇일** 동안이나 야근을 했다.

→ 이번 행사를 위해 며칠 동안이나 야근을 했다.

몇일 동안 비가 계속 내리더니 오늘은 맑게 개었다.

→ 며칠 동안 비가 계속 내리더니 오늘은 맑게 개었다.

[응용문제]

아버님 생신이 몇 월 **몇 일**인지 도대체 생각나지 않는다.

→ 아버님 생신이 몇 월 _____인지 도대체 생각나지 않는다.

[해답] 아버님 생신이 몇 월 며칠인지 도대체 생각나지 않는다.

36 다리다와 달이다

 오용사례

이 엿은 남원에 계신 할머니께서 정성스럽게 직접 다려 만든 엿이다.

 해설

'다리다'는 '구김이나 주름을 펴기 위해 다리미 등으로 문지르는 행위'를 뜻하는 말입니다.

'달이다'는 '액체 따위를 끓여서 졸이는 행위'를 뜻하는 말입니다. 즉, 탕약, 한약, 차, 엿, 약초 등의 식품류에는 '달이다'를 쓰고, 와이셔츠, 바지, 교복 등의 의류에는 '다리다'를 씁니다.

한편 옷을 다리는 도구를 '다리미', 옷을 다리는 행위를 '다리미질', 줄여서 '다림질'이라고 합니다.

이 엿은 남원에 계신 할머니께서 정성스럽게 직접 **다려** 만든 엿이다.

→ 이 엿은 남원에 계신 할머니께서 정성스럽게 직접 달여 만든 엿이다.

여성의 손발이 차거나 산후 냉기가 있을 때에 구절초를 **다려** 먹으면 효과

가 있습니다.

→ 여성의 손발이 차거나 산후 냉기가 있을 때에 구절초를 달여 먹으면

효과가 있습니다.

목감기에는 대추, 생강, 귤껍질, 무 등을 넣고 배를 **다린** 물이 효과가 있다.

→ 목감기에는 대추, 생강, 귤껍질, 무 등을 넣고 배를 달인 물이 효과가

있다.

옷을 **달여** 입기 싫다면 링클 프리 제품을 사려무나.

→ 옷을 _____ 입기 싫다면 링클 프리 제품을 사려무나.

‘의류의 구김을 펴다’는 의미일 때는 ‘다리다’, ‘액체 등을 졸이다’는 의미일 때는 ‘달이다’를 씁니다.

즉, 탕약, 한약, 차, 엿, 약초 등의 식품류에는 ‘달이다’를 쓰고, 와이셔츠, 바지, 교복 등의 의류에는 ‘다리다’를 씁니다.

[해답] 옷을 다려 입기 싫다면 링클 프리 제품을 사려무나.

132

37 곱배기와 곱빼기

 오용사례

여기 탕수육 <u>소자</u>하고
짜장면 <u>곱배기</u> 하나 주세요.

 해설

보통보다 두 배 많은 것을 뜻하는 말인 '곱 빼기'는 소리나는 대로 '곱빼기'로 적습니다. 예외적으로 '뚝배기'는 '뚝빼기'로 소리가 나지만 '뚝배기'라고 적습니다.

'~짜, ~꾼, ~깔, ~때기, ~빼기'와 같이 된소리가 나는 접미사는 된소리로 적습니다.

예) 소짜, 대짜, 사기꾼, 낚시꾼, 때깔, 성깔, 판때기, 이불때기

[해답] 고성의 아야진은 에메랄드 빛깔 해변으로 유명합니다.

여기 탕수육 **소자**하고 짜장면 **곱배기** 하나 주세요.

→ 여기 탕수육 소짜하고 짜장면 곱빼기 하나 주세요.

귓대기에 대고 이야기해야 알아듣겠어.

→ 귀때기에 대고 이야기해야 알아듣겠어.

요즈음 《선녀와 **나뭇군**》 같은 이야기는 법률적·윤리적으로 지적받을 수

있는 소지가 다분하다.

→ 요즈음 《선녀와 나무꾼》 같은 이야기는 법률적·윤리적으로 지적받을

수 있는 소지가 다분하다.

[응용문제]

고성의 아야진은 에메랄드 **빛갈** 해변으로 유명합니다.

→ 고성의 아야진은 에메랄드 _____ 해변으로 유명합니다.

38 적다와 작다

 오용사례

방학 동안 키가 훌쩍 커버렸기 때문에 교복이 <u>적어서</u> 못 입는다.

 해설

'작다'는 '길이, 넓이, 부피 따위가 비교 대상보다 덜 하다'는 의미로 반대말은 '크다'입니다. '적다'는 '수량, 정도가 기준에 미치지 못한 다'는 의미로 반대말은 '많다'입니다.

'체구, 운동장, 목소리' 등의 크기에는 '작다/크다'를 사용하고, '수입, 경험, 관심' 등의 크기에는 '적다/많다'를 사용합니다.

피해의 경우 수량적 측면이면 '적다/많다'를 규모의 측면이면 '작다/크다'를 사용할 수 있습니다. 단 '저장할 수 있는 장소의 크기'를 나타내는 '용량'이라는 단어는 양적 측면을 의미하지만 예외적으로 '작다/크다'로 표현하고 있습니다(용량이 작다, 큰 용량).

방학 동안 키가 훌쩍 커버렸기 때문에 교복이 **적어서** 못 입는다.

→ 방학 동안 키가 훌쩍 커버렸기 때문에 교복이 작아서 못 입는다.

며칠 전 세미나 장소 답사를 갔었는데 회의실 규모가 생각보다 **적어서** 실망했다.

→ 며칠 전 세미나 장소 답사를 갔었는데 회의실 규모가 생각보다 작아서 실망했다.

점심 때 공깃밥을 시켰는데 그 양이 너무 **작아서** 하나를 더 시켰다.

→ 점심 때 공깃밥을 시켰는데 그 양이 너무 적어서 하나를 더 시켰다.

[응용문제]

이 PC는 용량이 **적어서** 데이터를 수시로 백업해야 한다.

→ 이 PC는 용량이 _____ 데이터를 수시로 백업해야 한다.

[해답] 이 PC는 용량이 작아서 데이터를 수시로 백업해야 한다.

39 너머와 넘어

오용사례

그녀는 독서모임 운영에 필요한 대부분의 지식을
<u>어깨넘어로</u> 배웠다.

해설

'너머'는 '높이나 경계로 가로막힌 사물의 저쪽'을 뜻하는 말로 공간
적인 위치를 나타냅니다.

'넘어'는 동사 '넘다'의 활용형으로 '높은 부분의 위, 경계 등을 지나
다, 뛰어넘다, 극복하다'는 의미를 지니고 있습니다.

다시 말해 '넘어'는 동작을, '너머'는 공간을 나타낸다고 생각하시면
좋겠습니다.

예) 산 너머 마을에 가려면 이 산을 넘어야 한다.

[해답] 저녁에 퇴근하고 넘어와라. 간만에 얼굴이라도 보자.

137

그녀는 독서모임 운영에 필요한 대부분의 지식을 **어깨넘어로** 배웠다.

→ 그녀는 독서모임 운영에 필요한 대부분의 지식을 어깨너머로 배웠다.

요즘 나라 분위기를 보니 정말 산 **너머** 산이다.

→ 요즘 나라 분위기를 보니 정말 산 넘어 산이다.

　(산을 힘들게 넘었는데 또 산이 있다)

고택 담장 **넘어로** 능소화가 곱게 피었다.

→ 고택 담장 너머로 능소화가 곱게 피었다.

[응용문제]

저녁에 퇴근하고 **너머와라**. 간만에 얼굴이라도 보자.

→ 저녁에 퇴근하고 _____. 간만에 얼굴이라도 보자.

138

40 일절과 일체

 오용사례

국토교통부의 자료 <u>일절</u> 공개 후에도 특혜 의혹 제기
는 계속되고 있다.

 해설

'일절'과 '일체' 모두 한자는 '一切'을 씁니다. '아주, 전혀, 절대로'란
뜻의 부사로 사용될 때는 '일절'로 읽고, '모든 것'이란 의미의 명사로
사용될 때에는 '일체'로 읽습니다.

한편 '일체'는 '일체로' 형태로 사용해 '전부, 완전히'라는 뜻을 나타
내거나 '모든 것을 다'라는 의미의 부사로 사용되기도 합니다.

예) 막중한 책임을 일체로 맡았다.

　　이번 일을 계기로 의혹은 일체 털고 갑시다.

[해답] 그는 이후 그날 일어난 사건에 대해서는 일절 입을 다물었다.

139

국토교통부의 자료 **일절** 공개 후에도 특혜 의혹 제기는 계속되고 있다.

→ 국토교통부의 자료 일체 공개 후에도 특혜 의혹 제기는 계속되고 있다.

('전부'의 의미)

옛날 자주 가던 식당에 적혀진 **'안주일절'** 그 문구가 그립다.

→ 옛날 자주 가던 식당에 적혀진 '안주일체' 그 문구가 그립다.

('전부'의 의미)

그 사람은 인사에 **일체** 개입하지 않았다고 발뺌하고 있다.

→ 그 사람은 인사에 일절 개입하지 않았다고 발뺌하고 있다.

('전혀, 절대로'의 의미)

[응용문제]

그는 이후 그날 일어난 사건에 대해서는 **일체** 입을 다물었다.

→ 그는 이후 그날 일어난 사건에 대해서는 _____ 입을 다물었다.

('절대로'의 의미)

셋째 마당

띄어쓰기 완전정복

이번 장에서는 띄어쓰기에 대해 공부할 거예요.

띄어쓰기 정말 자신 없어요.

 띄어쓰기에도 일정한 규칙이 있는데, 그 규칙을 이해하고 나면 훨씬 쉽답니다.

정말 그럴까요?

 의존명사냐 아니면 어미냐에 따라 붙여쓰거나 띄어쓰기도 하고요, 의미에 따라 띄어쓰거나 붙여쓰기도 하지요. 규칙 몇 가지만 외우면 그다지 어렵지 않습니다.

저는 잘 안 돼서 온라인상의 맞춤법 검사를 활용해요.

 온라인상의 맞춤법 검사기를 사용하는 것도 좋은 방법입니다. 하지만 내비게이션에만 의존하면 길을 점점 더 모르게 되듯이 맞춤법 검사기에만 의존하는 것은 좋지 못한 습관입니다.

네. 이제부터 띄어쓰기 공부 열심히 해보겠습니다.

 이번 장에는 많은 분이 어려워하시는 띄어쓰기의 대표적인 예들을 모아 보았습니다. 도움이 될 겁니다.

01 ~지의 띄어쓰기

오용사례

코로나19 팬데믹이 시작된지
벌써 4년이나 되었다.

해설

'~지'가 '어떤 일이 있었던 때로부터 지금까지의 동안'을 나타내는 의존명사로 사용되었다면 띄어씁니다.

한편 막연한 의문을 나타내는 어미 '~지'는 앞의 말과 붙여씁니다. 즉 뒤쪽에 시간을 나타내는 말이 나올 때는 띄어쓰고, 그 외는 붙여쓰면 됩니다.

예) 졸업한 지 10년째 되는 날　　떠난 지 한 시간도 안 되어
　　올지 말지 모르겠다　　　　　벌써 출발했는지도 모르지

[해답]　그동안 별고 없으셨는지?

코로나19 팬데믹이 시작된**지** 벌써 4년이나 되었다.

→ 코로나19 팬데믹이 시작된 지 벌써 4년이나 되었다.

　('시간이 흐르는 동안'을 의미)

점심 먹은**지** 얼마나 되었다고 벌써 간식 타령이냐?

→ 점심 먹은 지 얼마나 되었다고 벌써 간식 타령이냐?

　('시간이 흐르는 동안'을 의미)

이번 태풍은 어찌나 강한 바람이 부는 **지** 가로수들이 전부 넘어갔다.

→ 이번 태풍은 어찌나 강한 바람이 부는지 가로수들이 전부 넘어갔다.

　(뒤의 판단에 근거가 되는 어미)

[응용문제]

그동안 별고 없으셨는 **지**?

→ 그동안 별고 없으셨는___? (막연한 의문을 나타내는 어미)

144

02 못하다와 못 하다

오용사례

철수는 요리를 <u>못 하는</u> 데도 한다고 설치다가, 손을 다쳐 결국 요리를 <u>못했다</u>.

해설

'실력이나 재주가 없어서 잘하지 못하다'의 뜻일 때는 '못하다'로 붙여씁니다(영어의 bad at).

'할 수는 있지만 어떤 상황때문에 할 수 없다'는 뜻일 때는 '못 하다'로 띄어씁니다(영어의 can't).

쉽게 말해, 음치라고 노래를 못하는 경우에는 노래를 '못한다'라고 붙여쓰고, 목이 아파 노래를 할 수 없는 경우에는 '못 한다'라고 띄어쓰면 됩니다.

[해답] 그렇게 학원에 열심히 다니는 데도 너는 왜 공부를 못하니?

철수는 요리를 **못 하는데도** 한다고 설치다가, 손을 다쳐 결국 요리를 **못 했다**.

→ 철수는 요리를 못하는데도 한다고 설치다가, 손을 다쳐 결국 요리를 못 했다.

영철이는 친구와 밤새 게임을 하느라 과제를 **못했다**.

→ 영철이는 친구와 밤새 게임을 하느라 과제를 못 했다.

저는 코로나에 걸쳐 꼼짝 **못하고** 누워만 있었습니다.

→ 저는 코로나에 걸쳐 꼼짝 못 하고 누워만 있었습니다.

[응용문제]

그렇게 학원에 열심히 다니는 데도 너는 왜 공부를 **못 하니**?

→ 그렇게 학원에 열심히 다니는 데도 너는 왜 공부를 _____?

146

03 ~데의 띄어쓰기

 오용사례

수빈이는 공부는 열심히 <u>하는 데</u> 성적이 안 올라요.
성적을 <u>올리는데</u> 요령이 있나요?

 해설

'~데'가 일, 곳, 장소, 상황 등을 의미하는 의존명사로 사용되었을 때
에는 띄어씁니다. '~데'가 의존명사가 아니라 단순한 어미로 사용되
었다면 앞말에 붙여씁니다.

쉬운 구분 방법을 소개합니다. '데'의 뒤에 '에'를 붙여서 자연스러우
면 의존명사로 사용된 겁니다. 당연히 띄어쓰면 되겠죠.

예) 청소하는 데(에) 방해된다.

　　일은 하는데(에) 성과가 없다. (×)

[해답] 아이들이 공부에 집중하지 못하는 데는 다 이유가 있습니다.

수빈이는 공부는 열심히 **하는 데** 성적이 안 올라요. 성적을 **올리는데** 요령이 있나요?

→ 수빈이는 공부는 열심히 하는데 성적이 안 올라요. 성적을 올리는 데 요령이 있나요?

에어컨을 켜고 나서야 **잠드는데** 성공했다.

→ 에어컨을 켜고 나서야 잠드는 데 성공했다.

옆집에서 시끄럽다고 **하는 데** 이제 일어서야 할까보다.

→ 옆집에서 시끄럽다고 하는데 이제 일어서야 할까보다.

[응용문제]

아이들이 공부에 집중하지 **못 하는데는** 다 이유가 있습니다.

→ 아이들이 공부에 집중하지 _____ 다 이유가 있습니다.

04 간의 띄어쓰기

오용사례

일 년 간의 상황을 감안하면 개인간 거래량이 다시 늘어날 가능성이 있다.

해설

'간'이 '사이'의 의미로 사용되었을 경우에는 띄어쓰고, '동안'이라는 의미로 사용되었을 때에는 붙여씁니다.

예) 개인 간, 은행 간, 국가 간

한 달간의 여행, 한 주간의 연수

일 년 **간**의 상황을 감안하면 개인**간** 거래량이 다시 늘어날 가능성이 있다.

→ 일 년간(동안)의 상황을 감안하면 개인 간(사이) 거래량이 다시 늘어

날 가능성이 있다.

경제위기가 시작되기 전에 국가**간** 통화스왑을 체결한 것은 신의 한 수

였다.

→ 경제위기가 시작되기 전에 국가 간(사이) 통화스왑을 체결한 것은 신

의 한 수였다.

정부부처 및 공공기관**간** '개인정보' 공유 또는 제공, 어떻게 봐야 하나?

→ 정부부처 및 공공기관 간(사이) '개인정보' 공유 또는 제공, 어떻게 봐

야 하나?

[응용문제]

긴 세월 동안 쌓인 **부자 간**의 서먹함을 털어내기에는 시간이 부족했다.

→ 긴 세월 동안 쌓인 _____의 서먹함을 털어내기에는 시간이 부족

했다. (한 단어로 굳어진 말)

단 '부부간, 모자간, 부녀간, 모녀간,
부자간'처럼 한 단어로 굳어진 말은
붙여쓰는 것을 원칙으로 합니다. '그
간의 세월'에서처럼 '그간' 역시 붙
여쓰는 것을 원칙으로 합니다.

[해답] 긴 세월 동안 쌓인 부자간의 서먹함을 털어내기에는 시간이 부

족했다. (한 단어로 굳어진 말)

151

05 리의 띄어쓰기

 오용사례

늘 성황 리에 개최되던 행사인데 그렇게 엉망으로 준
비했을리가 없다.

 해설

'리'가 '까닭, 이치' 등을 의미하는 의존명사로 사용되었을 때에는 띄
어쓰는 것을 원칙으로 합니다.

예) 그럴 리가, 모를 리가

'리'가 몇몇 명사의 뒤에서 '가운데, 하는 중'의 의미를 가지는 접미
사로 사용될 때는 붙여씁니다.

예) 성황리에, 비밀리에

[해답] 아직 일과시간인데 벌써 퇴근했을 리가(의존명사) 없다.

응용예문

늘 성황 **리**에 개최되던 행사인데 그렇게 엉망으로 준비했을**리**가 없다.

→ 늘 성황리에(접미사) 개최되던 행사인데 그렇게 엉망으로 준비했 을 리가(의존명사) 없다.

안중근 의사는 하얼빈역에 이토 히로부미가 나타난다는 소식을 듣고 비 밀 **리**에 하얼빈역에 매복했다.

→ 안중근 의사는 하얼빈역에 이토 히로부미가 나타난다는 소식을 듣고 비밀리에(접미사) 하얼빈역에 매복했다.

그가 어떤 사람인데, 이런 곳에 혼자서 왔을**리**가 없다.

→ 그가 어떤 사람인데, 이런 곳에 혼자서 왔을 리가(의존명사) 없다.

[응용문제]

아직 일과시간인데 벌써 퇴근했을**리**가 없다.

→ 아직 일과시간인데 벌써 퇴근했을＿＿＿가 없다.

153

06 받다의 띄어쓰기

이 매장에서 카드<u>받는지</u> 물어보면

괜히 미움 <u>받을까</u>?

해설

'받다'가 구체적인 사물을 받는 행위를 뜻할 때에는 동사로서 그 앞
말과 띄어 써야 합니다.

예) 카드 받다, 주문 받다, 선물 받다

하지만 '받다'가 행위를 뜻하는 명사 뒤에서 피동적인 의미를 나타낼
때에는 접미사이므로 앞말과 붙여 써야 합니다.

예) 고무받다, 미움받다, 오해받다

154

이 매장에서 **카드받는지** 물어보면 괜히 **미움 받을까**?

→ 이 매장에서 카드 받는지(동사) 물어보면 괜히 미움받을까(접미사)?

버림 받은 지상파 드라마…. 어쩌다 이 지경까지 왔나?

→ 버림받은(접미사) 지상파 드라마…. 어쩌다 이 지경까지 왔나?

손님들 잔뜩 들어왔는데 어서 가서 **주문받으세요.**

→ 손님들 잔뜩 들어왔는데 어서 가서 주문 받으세요.(동사)

[응용문제]

그런 말까지 해서 괜히 **미움 받을** 필요가 있을까?

→ 그런 말까지 해서 괜히 _____ 필요가 있을까?

[해답] 그런 말까지 해서 괜히 미움받을 필요가 있을까?(접미사)

07 ~걸의 띄어쓰기

 오용사례

하늘이 잔뜩 어둡고 천둥이 <u>치는걸</u> 보니 곧 큰 비가 <u>오겠는 걸!</u>

 해설

'~걸'이 가벼운 감탄이나 지난 일에 대한 후회 등을 나타내는 종결어미로 사용되었을 때에는 앞말에 붙였습니다.

예) 잘할걸, 다 끝난걸, 이미 떠난걸

'~걸'이 목적어의 의미를 지니는 의존명사로 사용되었을 경우에는 띄어쓰는 것을 원칙으로 합니다.

예) 놀란 걸 보니, 떠는 걸 보니

이게 책인 걸 누가 모르냐?

하늘이 잔뜩 어둡고 천둥이 **치는걸** 보니 곧 큰 비가 **오겠는 걸**!

→ 하늘이 잔뜩 어둡고 천둥이 치는 걸(의존명사) 보니 곧 큰 비가 오겠

는걸!(종결어미)?

그렇게 꾸물거리다가는 해가 **지겠는 걸**!

→ 그렇게 꾸물거리다가는 해가 지겠는걸!(종결어미)

이 일 없던 것으로 해. 내가 생각한 것과는 너무 **다른 걸**!

→ 이 일 없던 것으로 해. 내가 생각한 것과는 너무 다른걸!(종결어미)

[응용문제]

네가 직접 **온걸** 보니 아무리 생각해도 **놀라운 걸**!

→ 네가 직접 _____ 보니 아무리 생각해도 _____!

[해답] 네가 직접 온 걸(의존명사) 보니 아무리 생각해도 놀라운걸!

(종결어미)

08 만큼의 띄어쓰기

 오용사례

하늘 만큼 땅 만큼 넓은 사랑으로 보듬은만큼 잘 자라
주었다.

 해설

'만큼'이 앞의 말과 비슷한 정도나 크기를 나타내는 조사로 사용되었
을 경우에는 앞말과 붙여씁니다.

예) 유명 호텔만큼, 너만큼, 가수만큼

'만큼'이 앞에 나온 내용의 수량이나 정도를 나타내거나, 뒤에 나온 내
용의 원인, 근거가 되는 의존명사로 사용되었을 때에는 띄어씁니다.

예) 공부한 만큼, 준비한 만큼, 노력한 만큼

응용예문

하늘 **만큼** 땅 **만큼** 넓은 사랑으로 보듬은**만큼** 잘 자라 주었다.

→ 하늘만큼 땅만큼(조사) 넓은 사랑으로 보듬은 만큼(의존명사) 잘 자

라 주었다.

단추구멍 **만큼** 작은 눈으로 여기저기를 훔쳐본다.

→ 단추구멍만큼(조사) 작은 눈으로 여기저기를 훔쳐본다.

은호는 선호보다 머리 하나 **만큼**은 더 커 보인다.

→ 은호는 선호보다 머리 하나만큼은(조사) 더 커 보인다.

[응용문제]

행사 준비를 열심히 한**만큼** 좋은 결과가 나왔다.

→ 행사 준비를 열심히 한_____ 좋은 결과가 나왔다.

[해답] 행사 준비를 열심히 한 만큼(의존명사) 좋은 결과가 나왔다.

159

09 ~상, ~하의 띄어쓰기

오용사례

박 교수의 지도 하에 연구진들은 이론 상 최고의 물질
을 개발했다.

해설

물리적 공간에서의 위를 나타내는 '상(上)'은 원래 명사로 분류되어 띄
어쓰는 것을 원칙으로 했으나 2017년 상반기 맞춤법 개정 이후 접미
사 '상'의 의미로 통합되어 붙여씁니다.

마찬가지로 아래를 나타내는 '하(下)' 역시 붙여씁니다.

예) 감독하에, 지도하에, 통치하에

[해답] 2002년 월드컵 축구 대표 팀은 히딩크 감독의 지도하에 4강 신
화를 이룩했다.

응용예문

박 교수의 지도 **하**에 연구진들은 이론 **상** 최고의 물질을 개발했다.

→ 박 교수의 지도하에 연구진들은 이론상 최고의 물질을 개발했다.

아직도 지구 **상**에는 수많은 미지의 생명체가 존재하고 있다.

→ 아직도 지구상에는 수많은 미지의 생명체가 존재하고 있다.

스마트폰은 USB-C 타입의 케이블이 사실 **상**의 표준으로 자리잡았다.

→ 스마트폰은 USB-C 타입의 케이블이 사실상의 표준으로 자리잡았다.

[응용문제]

2002년 월드컵 축구 대표 팀은 히딩크 감독의 지도 **하**에 4강 신화를 이룩

했다.

→ 2002년 월드컵 축구 대표 팀은 히딩크 감독의 지도___에 4강 신화를

이룩했다.

10 뿐의 띄어쓰기

오용사례

비 뿐만 아니라 바람도 불었기에 제때 도착한 사람은
다섯 명 뿐이다.

해설

'뿐'이 명사, 대명사, 수사와 같은 체언 뒤에 오면 부사격 조사로서
앞말에 붙여쓰는 것을 원칙으로 합니다.

예) 셋뿐, 치킨뿐만 아니라

체언을 제외한 동사, 형용사 등의 뒤에서는 띄어씁니다.

예) 소문이 났을 뿐만 아니라

알려지지 않았을 뿐 대단한 사람이다.

비 **뿐만 아니라** 바람도 불었기에 제때 도착한 사람은 다섯 명 <u>뿐</u>이다.

→ 비뿐만 아니라 바람도 불었기에 제때 도착한 사람은 다섯 명뿐이다.

그곳에는 샤워실이나 화장실 **뿐만 아니라** 의료시설도 부족했다.

→ 그곳에는 샤워실이나 화장실뿐만 아니라 의료시설도 부족했다.

아르바이트 했을**뿐인데** 보이스피싱으로 조사를 받게 되었다.

→ 아르바이트 했을 뿐인데 보이스피싱으로 조사를 받게 되었다.

[응용문제]

소문으로만 들었을**뿐인데** 실제로 보니 더욱 놀랍다.

→ 소문으로만 들었을_____인데 실제로 보니 더욱 놀랍다.

[해답] 소문으로만 들었을 뿐인데 실제로 보니 더욱 놀랍다.

11 및/겸/내지/대/등의 띄어쓰기

축구 경기에서는 한국대 일본내지 독일대 브라질의 경기등이 흥미롭다.

 해설

앞말과 뒷말을 이어주거나 나열할 때 사용하는 '및, 겸, 내지, 대, 등'은 앞말과 띄어쓰는 것을 원칙으로 합니다.

[해답] 프로야구 주말 경기에서 LG는 SSG를 5 대 3으로 이겼다.

164

응용예문

축구 경기에서는 한국<u>대</u> 일본<u>내지</u> 독일<u>대</u> 브라질의 경기<u>등</u>이 흥미롭다.

→ 축구 경기에서는 한국 대 일본 내지 독일 대 브라질의 경기 등이 흥미

롭다.

오늘은 전세계약 확정일자 받는 법<u>및</u> 주의사항을 알아보겠습니다.

→ 오늘은 전세계약 확정일자 받는 법 및 주의사항을 알아보겠습니다.

홍대 앞 와인바<u>겸</u> 레스토랑은 이국적인 감성이 물씬 풍긴다.

→ 홍대 앞 와인바 겸 레스토랑은 이국적인 감성이 물씬 풍긴다.

[응용문제]

프로야구 주말 경기에서 LG는 SSG를 5<u>대</u> 3으로 이겼다.

→ 프로야구 주말 경기에서 LG는 SSG를 5____3으로 이겼다.

12 안되다 vs 안 되다

오용사례

폭염으로 농사가 <u>안 돼</u> 걱정인 분들에게 농담으로라도
그런 소리를 하면 <u>안된다</u>.

해설

'안되다'가 '일, 현상 따위가 좋게 이루어지지 않다', '일정한 수준이
나 정도에 이르지 못하다', '상태가 좋아 보이지 않는다'의 의미일 때
는 한 단어로 붙여씁니다. 반대말은 '잘되다'입니다.

'아니'의 준말인 '안'이 부정을 뜻하는 부사로 쓰이면 뒤의 말을 부정
하게 됩니다. 이때의 '안 되다'는 띄어쓰며, 반대말은 '되다'입니다.

예) 안 지킨다, 안 온다, 안 먹는다

[해답] 그의 성격을 알고 있으니 걱정이 하나도 안 된다(↔된다).

응용예문

폭염으로 농사가 **안 돼** 걱정인 분들에게 농담으로라도 그런 소리를 하면 **안된다.**

→ 폭염으로 농사가 안돼(↔잘돼) 걱정인 분들에게 농담으로라도 그런 소리를 하면 안 된다(↔된다).

윤석열 대통령은 "일본 방사능 유출은 기본적으로 **안됐다.**"고 말했다.

→ 윤석열 대통령은 "일본 방사능 유출은 기본적으로 안 됐다.(↔됐다)" 고 말했다.

코로나 바이러스에 두 번이나 걸리다니 정말 **안 됐다.**

→ 코로나 바이러스에 두 번이나 걸리다니 정말 안됐다(↔잘됐다).

[응용문제]

그의 성격을 알고 있으니 걱정이 하나도 **안된다.**

→ 그의 성격을 알고 있으니 걱정이 하나도 _____.

13 어미 뒤의 조사

 오용사례

"이제 괴롭히지 않을게." <u>라고</u> 말했지만,

그만두기는 <u>커녕</u> 괴롭힘의 정도는 더 심해졌다.

 해설

조사는 기본적으로 앞말에 붙여씁니다. 어미 뒤에 조사가 나오는
경우에도 붙여쓰는 것을 원칙으로 합니다.

~하기는커녕 / ~다시피 / ~니다그려 / "~했다."라고 등

"이제 괴롭히지 않을게." **라고** 말했지만, 그만두기는 **커녕** 괴롭힘의 정도는 더 심해졌다.

→ "이제 괴롭히지 않을게."라고 말했지만, 그만두기는커녕 괴롭힘의 정도는 더 심해졌다.(어미 뒤의 조사)

아시다 **시피** 정 회장님은 강의로도 유명해졌으니, 이제 저서 집필만 하면 되겠습니다 **그려**.

→ 아시다시피 정 회장님은 강의로도 유명해졌으니, 이제 저서 집필만 하면 되겠습니다그려. (어미 뒤의 조사)

조제프 드 메스트르는 "모든 국민은 그 수준에 맞는 정부를 가진다." **라고** 말했다.

→ 조제프 드 메스트르는 "모든 국민은 그 수준에 맞는 정부를 가진다." 라고 말했다.

대기만성의 참뜻은 "큰 그릇일수록 이루어지기가 어렵다." **라는** 의미

이다.

→ 대기만성의 참뜻은 "큰 그릇일수록 이루어지기가 어렵다."_____ 의미

　　이다.

> 인용된 글을 의미하는 쌍따옴표 뒤에
> 오는 '라는'은 앞말과 붙여씁니다.
> '~하기는커녕 / ~다시피 / ~니다
> 그려' 등은 모두 조사이므로 앞말과
> 붙여씁니다.

[해답] 대기만성의 참뜻은 "큰 그릇일수록 이루어지기가 어렵다." 라는

　　의미이다.

14 단위를 나타내는 명사

 오용사례

열길 물 속은 알아도

한길 사람 속은 모른다.

 해설

단위를 나타내는 명사는 앞말과 띄어씁니다. 수효를 뜻하는 '개년, 개월, 일간' 등도 앞의 말과 띄어씁니다.

예) 비단 한 필, 말 한 마리, 차 한 대, 물 한 컵, 팔 개월, 삼 일간

단 순서를 뜻하거나 숫자와 어울릴 때는 붙여씁니다.

예) 제1장, 이학년, 제2차

　　5년, 15층, 육일, 100미터

[해답] 어려운 시절에는 옷 한 벌 신발 한 컬레로 일 년간을 버텼다.

171

열<u>길</u> 물 속은 알아도 한<u>길</u> 사람 속은 모른다.

→ 열 길 물 속은 알아도 한 길 사람 속은 모른다.

이렇게 무더운 날 두어**시간** 운동을 하고 나면 물 한**<u>모금</u>**이 절실하다.

→ 이렇게 무더운 날 두어 시간 운동을 하고 나면 물 한 모금이 절실하다.

일제로부터 해방된 지 78 **<u>년</u>**이라는 시간이 흘렀다.

→ 일제로부터 해방된 지 78년이라는 시간이 흘렀다. (숫자 뒤의 단위는

붙여씁니다)

[응용문제]

어려운 시절에는 옷 한**<u>벌</u>** 신발 한**<u>컬레</u>**로 일년간을 버텼다.

→ 어려운 시절에는 옷 한____ 신발 한_____로 일 년간을 버텼다.

15 지리 용어의 띄어쓰기

 오용사례

동 해는 1726년작《걸리버 여행기》에 Sea of Corea, 즉 조선 해라고 적혀 있다.

 해설

도(道), 시(市), 읍, 면, 리, 군, 구, 해(海), 도(島), 섬, 만, 양(洋), 주(州), 강(江), 항(港), 가(街)와 같은 지리 용어는 우리말과는 붙여쓰고, 외국어와는 띄어쓰는 것을 원칙으로 합니다.

동 해는 1726년작 《걸리버 여행기》에 Sea of Corea, 즉 조선 해라고 적혀
있다.

→ 동해는 1726년작 《걸리버 여행기》에 Sea of Corea, 즉 조선해라고 적

혀 있다. (우리말은 붙여씁니다)

유프라테스강은 티그리스강과 함께 메소포타미아 지역을 흐르는 주요
강이다.

→ 유프라테스 강은 티그리스 강과 함께 메소포타미아 지역을 흐르는 주

요 강이다. (외국어는 띄어씁니다)

부산 항에서 쓰시마 섬의 히타카츠항까지 정기 여객선이 운항 중이다.

→ 부산항에서 쓰시마 섬의 히타카츠 항까지 정기 여객선이 운항 중이다.

(우리말은 붙여쓰고 외국어는 띄어씁니다)

174

[응용문제]

앵글로색슨<u>족</u>은 게르만<u>족</u>의 일파로, 현재 잉글랜드<u>인</u>의 직접적인 기원이다.

→ 앵글로색슨＿＿＿은 게르만＿＿＿의 일파로, 현재 잉글랜드＿＿＿의 직접적인 기원이다.

가족이나 계보, 언어를 뜻하는 가(家), 인(人), 족(族), 계(系), 어(語) 등도 마찬가지로 우리말 명사와는 붙여 쓰고, 외국어와는 띄어쓴니다.
예를 들어 '아랍인', '네안데르탈 인'처럼 말이죠.

[해답] 앵글로색슨 족은 게르만 족의 일파로, 현재 잉글랜드 인의 직접적인 기원이다. (외국어와는 띄어쏩니다)

16 성, 이름과 호칭

오용사례

우리 회사에서 <u>박 동출씨</u>는 보통 <u>박군</u> 또는<u>동출님</u>으로 불린다.

해설

성과 이름, 호는 붙여쓰고, 성과 이름 뒤에 붙는 호칭(씨, 군, 양)과 직책은 띄어씁니다.

예) 최무선, 한석봉, 김 군, 최 양

　　백범 김구 선생, 도마 안중근 의사

　　박선영 대리, 이 주사, 한 원장,

한편 성과 이름, 성과 호를 분명히 해야 할 필요가 있을 때나 외국 사람의 인명은 띄어씁니다.

예) 남궁 찬, 독고 탁, 황보 승희, 존 F. 케네디,

　　마일즈 데이비스, 이토 히로부미, 가토 기요마사

우리 회사에서 **박 동출씨**는 보통 **박군** 또는 **동출님**으로 불린다.

→ 우리 회사에서 박동출 씨는 보통 박 군 또는 동출 님으로 불린다. (성

　과 이름은 붙이고 호칭은 띄어씁니다)

일제 강점기의 시인 **소월 김 정식님**은 보통 **김 소월**로 알려져 있다.

→ 일제 강점기의 시인 소월 김정식 님은 보통 김소월로 알려져 있다.

　(성과 이름, 성과 호는 붙이고, 호칭은 띄어씁니다)

건설사 대표인 **양회장님**은 업무를 보기 위해 이동할 때 비서인 **금대리**를

대동한다.

→ 건설사 대표인 양 회장님은 업무를 보기 위해 이동할 때 비서인 금 대

　리를 대동한다. (호칭은 띄어씁니다)

이 충무공께서는 40여 년 가까이 한국인이 존경하는 인물 중 부동의 1위
이다.

→ _____께서는 40여 년 가까이 한국인이 존경하는 인물 중 부동
의 1위이다.

성과 이름은 보통 붙여쓰지만, 성과 이
름을 분명히 해야 할 필요가 있을 때나
외국 사람의 인명은 띄어씁니다.
남궁 민, 독고 탁, 황보 승희, 로버트 다
우니 주니어, 이시하라 사토미처럼요.

[해답] 이충무공께서는 40여 년 가까이 한국인이 존경하는 인물 중 부
동의 1위이다. (시호는 이름처럼 성에 붙여씁니다)

178

겹쳐지는 부사

 오용사례

언론에서는 <u>또 다시</u> 경제위기가 왔다며 허리띠를
<u>더욱 더</u> 졸라매라고 한다.

 해설

두 개의 부사가 겹쳐진 경우 중에서 다음과 같은 것들은 한 단어처럼
붙여씁니다.

더욱더 좀더 또다시 곧바로 곧잘

똑같이 제아무리 더한층

[해답] 제아무리 좋아하는 일도 어느 순간 질려버릴 때가 온다.

언론에서는 **또 다시** 경제위기가 왔다며 허리띠를 **더욱 더** 졸라매라고 한다.

→ 언론에서는 또다시 경제위기가 왔다며 허리띠를 더욱더 졸라매라고 한다.

조합설립 인가가 나면 **곧 바로** 시공사 선정이 가능하다.

→ 조합설립 인가가 나면 곧바로 시공사 선정이 가능하다.

태풍이 가고 녹음이 **더 한층** 짙어지면서, 식물의 키가 **좀 더** 자랐다.

→ 태풍이 가고 녹음이 더한층 짙어지면서, 식물의 키가 좀더 자랐다.

[응용문제]

제 아무리 좋아하는 일도 어느 순간 질려버릴 때가 온다.

→ _____ 좋아하는 일도 어느 순간 질려버릴 때가 온다.

18 외국어 + 우리말

오용사례

포츠담선언은 일본 제국의 무조건 항복을 촉구하는
내용으로 포츠담회담 도중 발표되었다.

해설

외국어와 우리말이 한데 어울려 이루어진 단어는 띄어쓰는 것을 원
칙으로 합니다.

예) 그리스 신화, 안데르센 동화, 베르됭 조약, 한미 FTA 협정, 라틴
댄스, 펠로폰네소스 동맹

하지만 외국어와 우리말이 한데 어울려 이미 한 단어처럼 굳어진 말
은 붙여씁니다.

예) 페인트칠, 펜싱화, 금메달, 맥주컵, 노벨상, 고무밴드, 휴대폰, 지
역아동센터

포츠담선언은 일본 제국의 무조건 항복을 촉구하는 내용으로 **포츠담회담**도중 발표되었다.

→ 포츠담 선언은 일본 제국의 무조건 항복을 촉구하는 내용으로 포츠담 회담 도중 발표되었다.

〈**브레멘음악대**〉는 프로이센의 동화 작가이자 언어학자인 **그림형제**가 지은 동화이다.

→ 〈브레멘 음악대〉는 프로이센의 동화 작가이자 언어학자인 그림 형제가 지은 동화이다.

미드웨이해전에서 미국이 일본에 압도적으로 승리함으로써 전쟁의 판도를 바꾸었다.

→ 미드웨이 해전에서 미국이 일본에 압도적으로 승리함으로써 전쟁의 판도를 바꾸었다.

[응용문제]

선일중학교 **밴드 부**는 경연대회에서 압도적인 기량을 선보이며 **우승 컵**

을 차지했다.

→ 선일중학교 _____ 는 경연대회에서 압도적인 기량을 선보이며

　　_____을 차지했다.

외국어와 우리말이 한데 어울려 이미 한 단어처럼 굳어진 말은 붙여씁니다. 페인트칠, 펜싱화, 금메달, 맥주컵, 노벨상, 고무밴드, 휴대폰, 지역아동센터 처럼 말이죠.

[해답]　선일중학교 밴드부는 경연대회에서 압도적인 기량을 선보이며

우승컵을 차지했다. (한 단어처럼 굳어진 말은 붙여 씁니다)

몇의 띄어쓰기

현재 후쿠시마 원전에는 오염수 백삼십 <u>몇만</u> 톤이
보관되어 있다.

'몇'이 막연한 숫자를 뜻하는 수사로 사용된 경우에는 앞말 또는 뒷
말과 붙여씁니다.

예) 몇십, 몇백, 열몇, 오만몇 천 원

'몇'이 수량이나 시간을 의미하는 말 앞에서 관형사로 사용되었을 때
에는 띄어씁니다.

예) 몇 시, 몇 명, 몇 달, 몇 개

단, 몇 시 몇 분의 경우 예외적으로 몇시 몇분으로 쓰는 것이 허용됩
니다.

[해답] 여기에 있는 열몇 가지 샘플 중에서 골라보세요. (수사)

응용예문

현재 후쿠시마 원전에는 오염수 백삼십 **몇만** 톤이 보관되어 있다.

→ 현재 후쿠시마 원전에는 오염수 백삼십몇 만 톤이 보관되어 있다.

　('만'을 꾸미는 관형사로 사용된 경우)

제2차 세계 대전으로 인한 사망자는 오천육백 **몇 십 만** 명으로 공식 집계된다.

→ 제2차 세계 대전으로 인한 사망자는 오천육백몇 십만 명으로 공식 집계된다. (막연한 수량을 의미하는 수사)

대구발 수서행 SRT는 **몇 시** 몇 분에 도착한다니?

→ 대구발 수서행 SRT는 몇시 몇 분에 도착한다니?

　(몇 시와 몇 분이 연달아 사용된 경우 붙여써도 무방합니다)

[응용문제]

여기에 있는 **열 몇** 가지 샘플 중에서 골라보세요.

→ 여기에 있는 _____ 가지 샘플 중에서 골라보세요.

185

20 접사의 띄어쓰기

오용사례

제 21대 대통령은 과연 누가 될지 예측하려 해도 아직

은 불확실한 것 투성이다.

해설

'제-'와 같은 접두사, '-대', '-차', '-짜리', '-어치', '-가량', '-쯤', '-투성이' 등의 접미사는 본말과 붙여씁니다.

'제-'의 경우 아라비아 숫자와 함께 쓰일 때 많이들 혼동하는 편입니다.

제 21대 대통령은 과연 누가 될지 예측하려 해도 아직은 불확실한 **것 투
성**이다.

→ 제21 대(제21대) 대통령은 과연 누가 될지 예측하려 해도 아직은 불

확실한 것투성이다. (접사는 본말과 붙여씁니다)

제 59회 백상예술대상 시상식이 **2시간 가량** 진행되었다.

→ 제59 회(제59회) 백상예술대상 시상식이 2시간가량 진행되었다.

(접사는 본말과 붙여씁니다)

SBS 드라마 〈**천원 짜리** 변호사〉는 **2회 가량** 축소 편성되며 조기 종영 이

후 여러 잡음에 휩싸였다.

→ SBS 드라마 〈천 원짜리 변호사〉는 2회가량 축소 편성되며 조기 종영

이후 여러 잡음에 휩싸였다. (접사는 본말과 붙여씁니다)

어제 사온 생과자 **만 원 어치**는 중량이 **2kg 쯤** 된다.

→ 어제 사온 생과자 _____는 중량이 _____ 된다.

'제' 뒤에 숫자가 나오는 표현의 띄어쓰기 많이 헷갈리셨죠?

'제1 회' 또는 '제1회'처럼 제 바로 뒤에 숫자를 붙이는 것이 맞습니다. 다시 말해 '**제 1회**'는 틀린 표현입니다.

[해답] 어제 사온 생과자 만 원어치는 중량이 2kg쯤 된다.

(접사는 본말과 붙여씁니다)

넷째 마당

우리말 되새김

'사흘, 나흘'같은 순우리말에 익숙하신가요?

모르는 것은 아닌데 사용하려면 왠지 어색해요.

그렇군요. 요즘 세대는 자주 사용하지 않아서인지 순우리말을 낯설어하는 느낌이에요.

순우리말 표현들이 이제는 점점 사라져가겠죠?

많은 표현들이 사라져 가겠죠. 하지만 잊혀져 가는 우리말을 지키는 것도 이 시대를 살아가는 사람의 의무라고 생각해요.
일상의 언어생활과 글 속에 순우리말을 많이 담아 지금보다 익숙해지도록 만들어야겠죠.

글을 쓰다 보면 풍부한 어휘력을 가진 사람이 너무 부러워요.
어떻게 하면 어휘력이 풍부해질까요?

많이 접하는 것 말고 방법이 있을까요? 이번 장에서는 순우리말 표현에 대해 공부하려고 하는데, 제대로 한번 배워 보시죠.

네. 열심히 배워서 글쓸 때 적용해볼게요.

날짜를 세는 말

제시어

하루, 이틀, 사흘

그 다음은?

1일 하루, 2일 이틀, 3일 사흘, 4일 나흘, 5일 닷새, 6일 엿새

7일 이레, 8일 여드레, 9일 아흐레, 10일 열흘

11일 열하루, 12일 열이틀 … 15일 보름, 20일 스무날

21일 스무하루^(세이레, 삼칠일), 22일 스무이틀, 23 스무사흘…

30일 서른날^(매월 말일은 그믐)

매월 1~10일까지는 접두사를 초를 붙입니다.

예) 초하루, 초이틀

02 어제, 오늘, 내일을 이르는 말

제시어

작일, 금일, 명일

은 무슨 뜻?

어제 : 어제[고유어], 어저께[고유어], 작일(昨日)[한자어]

오늘 : 오늘[고유어], 금일(今日)[한자어]

내일 : 내일(來日)[한자어로 추정], 하제[고유어], 명일(明日)[한자어]

한편, 명일(明日)은 오늘의 다음 날인 내일을 의미하지만 익일(翌日)은 특정 시점을 기준으로 그 다음 날을 뜻합니다(D+1).

지난주 : 거주(去週), 선주(先週), 작주(昨週), 전주(前週)

이번 주 : 금주(今週)

다음 주 : 익주(翌週), 내주(來週), 후주(後週), 차주(次週)

지난 달 : 객월(客月), 거월(去月), 선월(先月), 작월(昨月), 전달

이번 달 : 당월(當月), 금월(今月), 본월(本月), 차월(此月), 이달

다음 달 : 명월(明年)

지난 해 : 작년(昨年), 전년(前年), 거년(去年)

이번 해 : 금년(今年), 올해

다음 해 : 명년(明年), 내년(來年), 익년(翌年), 차년(次年)

03 12개월을 이르는 우리말

제시어

정월, 동짓달, 섣달은

몇 월을 뜻할까요?

1월 : 정월	2월 : 이월	3월 : 삼월
4월 : 사월	5월 : 오월	6월 : 유월
7월 : 칠월	8월 : 팔월	9월 : 구월
10월 : 시월	11월 : 동짓달	12월 : 섣달

1월 5일 : 정월 초닷새

6월 3일 : 유월 초사흘

10월 14일 : 시월 열나흘

11월 15일 : 동짓달 보름

12월 18일 : 섣달 열여드레

우리 말의 월 체계는 음력에 기준한 것으로 동짓달은 동지가 들어 있
는 달이라는 의미로 음력 11월을 의미하고, 섣달은 음력 12월을 의
미합니다.

섣달그믐은 긴달의 경우 음력 12월 30일, 짧은 달의 경우 음력 12월
29일을 의미합니다.

동지(冬至) 섣달 기나긴 밤을 한 허리를 버혀 내여

춘풍(春風) 니불 아레 서리서리 너헛다가

오론님 오신 날 밤이여든 구뷔구뷔 펴리라

-황진이의 시조

달과 관련된 순우리말

 제시어

손톱달, 눈썹달, 조각달은

어떤 모양의 달일까요?

초승달	음력으로 첫날부터 며칠 사이 뜨는 달
그믐달	음력 말일에 뜨는 달
온달	보름날 뜨는 꽉 찬 달
반달	온달의 절반 정도만 보이는 달
손톱달	손톱 끝처럼 가느다랗게 뜬 달. 보통 초승달이나 그믐달을 지칭. (= 눈썹달 = 갈고리달)
으스름달	흐린 날에 뜬 달처럼 흐릿하게 보이는 달
달무리	달 주변에 뿌옇게 둘러진 구름처럼 보이는 테
달가림	월식을 뜻하는 순우리말
지샌달	먼동이 튼 뒤에도 서쪽 하늘에 남아 있는 달

05 비와 관련된 순우리말

 제시어

여우비, 작달비, 억수비는

어떤 비일까요?

여우비 볕이 있는 날 잠시 동안 내리다가 멎는 비

안개비 분무기로 뿜어낸 것처럼 입자가 미세해서 안개처럼 보이는 비

이슬비 풀잎에 이슬이 맺히게 할 정도로 조금씩 내리는 비

가랑비 가늘게 내리는 비. 이슬비보다는 조금 더 많이 내리는 비

보슬비 바람이 없을 때 조용하게 내리는 비

작달비 굵고 거세게 내리는 비

장대비 빗줄기가 굵고 거세게 내리는 비

억수비 퍼붓듯이 세차게 내리는 비

197

06 별과 관련된 순우리말

제시어

살별, 어둠별, 여우별은

어떤 별일까요?

별똥   유성(=별똥별)

살별   혜성

길쓸별   혜성을 달리 이르는 말. 길을 쓰는 빗자루 모양이어서 붙은
         이름.

별무리   성단을 이르는 말

별구름   성운을 이르는 말

별밭   밤하늘에 많은 별이 총총히 떠 있는 모습을 밭에 비유한 말

별바다   밤하늘에 많은 별이 총총히 떠 있는 모습을 바다에 비유한
         말

샛별   금성

개밥바라기 해가 진 뒤에 서쪽 하늘에서 반짝거리는 금성을 뜻하는
        말(=어둠별)

여우별   날이 궂은 때 구름 사이로 잠시 동안 보였다가 사라지는 별

07 해와 관련된 순우리말

 제시어

갓밝이, 해거름은

하루 중 언제를 말할까요?

갓밝이	새벽 동이 틀 무렵의 희끄무레한 상태
동살	동이 틀 무렵 푸르스름하게 비치는 빛줄기
여우볕	비나 눈이 오는 날 잠깐 났다가 숨어 버리는 볕
해돋이	해가 막 솟아오를 때(=일출)
해거름	해가 넘어갈 무렵이나 해가 서쪽으로 넘어가는 일
해넘이	해가 지평선이나 수평선 아래로 잠기는 때(=일몰)
햇볕	해가 내리쬐는 뜨거운 기운
햇빛	해가 비추는 빛
햇살	해에서 나오는 빛 줄기

수학과 관련된 순우리말

 제시어

뒤셈, 휜금, 뾰족모는

무슨 뜻일까요?

계산	셈
사칙연산	넉셈
검산	뒤셈
암산	속셈
전개도	펼친그림
대각선	맞모금
대각	맞각, 맞모
선	금

직선　　바른금, 바로금

곡선　　휜금

외각　　바깥각, 바깥모

직각　　바른모

예각　　뾰족모

둔각　　무딘각, 무딘모

삼각형　세모꼴

사각형　네모꼴

평행하다　나란하다

평행사변형　　나란히꼴

원주(圓柱)　둥근기둥, 원기둥

원주(圓周)　원둘레

용량, 용적, 체적　부피

면적　　넓이

09 연장과 관련된 순우리말

제시어

서슬, 슴베, 타래는

무엇을 뜻하나요?

마름쇠 끝이 날카롭고 서너 갈래로 갈래진 물건으로, 한해살이풀
        마름에서 유래된 것

날붙이 칼, 낫, 톱, 도끼 따위의 날이 서 있는 연장을 지칭하는 말

서슬   날붙이의 날카로운 부분. '서슬이 푸르다'는 말은 날붙이가
        날카롭게 빛나는 것을 말하며 주로 권력이나 힘이 대단함
        을 표현하는 말

연모   물건을 만드는 데 쓰는 도구와 재료를 통칭하는 말

토리   둥글에 감은 실뭉치

타래   배배꼬인 실이나 노끈 따위의 뭉치

타래송곳 코르키 마개를 딸 때 쓰는 배배꼬인 송곳 또는 구멍을 뚫는
데 쓰는 드릴

시우쇠 무쇠를 불려 만든 쇠붙이이며, 무쇠, 선철, 쇠 중에서도 아
주 단단한 쇠

슴베 호미나 칼의 자루 속에 들어박히는 부분

올무 새나 짐승을 잡는 데 쓰는 올가미

망치 못을 박거나 물건을 파쇄할 때 사용하는 도구. 한쪽 머리에
못뽑이가 있는 것을 별도로 장도리라고 한다.

모루 대장간에서 불린 쇠를 올려놓고 두드릴 때 받침으로 쓰는
쇳덩이

10 우리 몸과 관련된 순우리말

 제시어

큰골, 숨골, 등골은 우리 몸의

어디를 지칭하는 말일까요?

대뇌   큰골

소뇌   작은골

간뇌   사이뇌

뇌간   뇌줄기

뇌량   뇌들보

연수   숨골, 숨뇌

척추   목뼈(경추), 등뼈(흉추), 허리뼈(요추)

척수   등골

피부	살갗
관절	뼈마디
근육	힘살
고막	귀청
심장	염통
혈액	피
혈액순환	피돌기
혈관	핏줄
비장	지라
호흡	숨쉬기
폐	허파
횡격막	가로막
담낭	쓸개
신장	콩팥
방광	오줌보
요관	오줌관
요도	오줌길

11 지리학과 관련된 순우리말

 제시어

마파람, 큰물, 세모벌은

무엇을 지칭하는 말일까요?

동풍	샛바람
북동풍	높새바람
남풍	마파람, 앞바람
북풍	높바람, 된바람
서풍	하늬바람
육풍	뭍바람
해풍	바닷바람
암석	바위, 돌

지표	땅거죽
지각	땅껍질
홍수	큰물
만조	밀물
간조	썰물
삼각주	세모벌
사주	모래기둥
석주	돌기둥
사구	모래언덕

12 | **말**과 관련된 순우리말

 제시어

몸말, 셈씨, 꾸밈씨는

무얼 뜻하나요?

어학	말갈 (주시경의 《조선 말갈》에 기인)
국어	나라말, 나랏말
품사	씨
체언	몸말, 임자씨
명사	이름씨
대명사	대이름씨
수사	셈씨
용언	풀이씨

동사	움직씨
형용사	그림씨
수식언	꾸밈씨
관형사	매김씨
부사	어찌씨
조사	토씨
감탄사	느낌씨
복음	겹소리
자음	닿소리
모음	홀소리
문자	글/글자(-字)/글월
표음문자(表音文字)	소리글/소리글자
표의문자(表意文字)	뜻글/뜻글자

13 의복과 관련된 순우리말

제시어

길쌈, 누비, 마름질은

무슨 뜻일까요?

갓	어른이 된 남자가 머리에 쓰던 의관
갓바치	가죽신을 만드는 장인. 주피장
갖신	가죽으로 만든 우리 고유의 신을 통틀어 이르는 말
겹옷	솜을 두지 않고 거죽과 안을 맞붙여 지은 옷
길쌈	실을 내어 옷감을 짜는 모든 일을 통틀어 이르는 말
깁다	떨어지거나 해어진 곳에 다른 조각을 대거나 또는 그대로 꿰매다.
마름질	옷감이나 재목 따위를 치수에 맞도록 재거나 자르는 일

211

무두질	생가죽, 실 따위를 매만져서 부드럽게 만드는 일
바느질	바늘에 실을 꿰어 옷 따위를 짓거나 꿰매는 일
누비	두 겹의 천 사이에 솜을 넣고 줄이 지게 받는 바느질. 또는 그런 물건
삼다	짚신이나 미투리 따위를 결어서 만들다.
소매	윗옷의 좌우에 있는 두 팔을 꿰는 부분
솔	옷이나 이부자리 따위를 지을 때 두 폭을 맞대고 꿰맨 줄. 솔기
올	실이나 줄의 가닥. 실이나 줄의 가닥을 세는 단위
옷깃	저고리나 두루마기의 목에 둘러대어 앞에서 여밀 수 있도록 된 부분
자락	옷이나 이불 따위의 아래로 드리운 넓은 조각
잣다	물레 따위로 섬유에서 실을 뽑다.
짜깁기	직물의 찢어진 곳을 그 감의 올을 살려 본디대로 흠집 없이 짜서 깁는 일

흐르는 물과 관련된 순우리말

 제시어

가람, 시궁, 여울은

무얼 뜻하나요?

가람	강(江). 호수(湖水)
갯가	바닷물이 드나드는 곳의 물가
갯벌	밀물 때는 물에 잠기고 썰물 때는 물 밖으로 드러나는 모래 점토질의 평탄한 땅
개울	골짜기나 들에 흐르는 작은 물줄기
내	시내보다는 크지만 강보다는 작은 물줄기
냇물	내에 흐르는 물
못	넓고 오목하게 팬 땅에 물이 괴어 있는 곳. 늪보다 작다.

14

넷째 마당 | 우리말 도새김

물굽이 강물이나 바닷물이 굽이지어 흐르는 곳

샘 물이 땅에서 솟아 나오는 곳. 또는 그 물

시궁 더러운 물이 잘 빠지지 않고 썩어서 질척질척하게 된 도랑

시내 골짜기나 평지에서 흐르는 자그마한 내

시냇물 시내에서 흐르는 물

여울 강이나 바다의 바닥이 얕거나 폭이 좁아 물살이 세게 흐르는 곳

15 음식과 관련된 순우리말

제시어

고명, 맛갓, 미수는

무얼 뜻하나요?

고명   음식의 모양과 빛깔을 돋보이게 하고 음식의 맛을 더하기
           위하여 음식 위에 얹거나 뿌리는 것

고물   인절미나 경단 따위의 겉에 묻히거나 시루떡의 켜와 켜 사
           이에 뿌리는 가루로 된 재료

구이   고기나 생선에 양념을 하여 구운 음식

국거리   국을 끓이는 데 넣는 고기, 생선, 채소 따위의 재료를 이르
           는 말

나물   사람이 먹을 수 있는 풀이나 나뭇잎. 고사리, 도라지, 두릅,

냉이 따위

누룩   술을 빚는 데 쓰는 발효제

뜸   음식을 찌거나 삶아 익힐 때에, 흠씬 열을 가한 뒤 한동안 뚜껑을 열지 않고 그대로 두어 속속들이 잘 익도록 하는 일

맛갓   음식, 맛

맛갓나다   맛나다.

먹거리   사람이 살아가기 위하여 먹는 온갖 것

메   제사 때 올리는 밥. 궁중에서 '밥'을 이르던 말

미수   설탕물이나 꿀물에 미숫가루를 탄 여름철 음료

심심하다   음식 맛이 조금 싱겁다.

쌈   밥이나 고기, 반찬 따위를 상추, 배추, 쑥갓, 깻잎, 취, 호박잎 따위에 싸서 먹는 음식

쑤다   곡식의 알이나 가루를 물에 끓여 익히다.

엿   곡식을 엿기름으로 삭힌 뒤에 자루에 넣어 짜낸 국물을 고아서 굳힌 음식

절임   소금, 장, 술찌기, 설탕 따위를 써서 절이는 일. 또는 그렇게 한 식료품

젓   새우, 조기, 멸치 따위의 생선이나, 조개, 생선의 알, 창자 따위를 소금에 짜게 절여 삭힌 음식

16 **농사**와 관련된 순우리말

 제시어

기울, 남새, 배미는

무얼 뜻하나요?

가을   벼나 보리 따위의 농작물을 거두어들이는 일

가을걷이 가을에 익은 곡식을 거두어들임

겨   벼, 보리, 조 따위의 곡식을 찧어 벗겨 낸 껍질을 통틀어 이
        르는 말

고랑   두둑한 땅과 땅 사이에 길고 좁게 들어간 곳을 '이랑'을 상
        대하여 이르는 말

기울   밀이나 귀리 등의 가루를 쳐내고 남은 속껍질

김   논밭에 난 잡풀

217

김매다	논밭의 잡풀을 뽑아내다.
나락	'벼'를 이르는 말
낟	곡식의 알
낟가리	낟알이 붙은 채로 있는 곡식 더미
낟알	껍질을 벗기지 않은 곡식 알맹이
논	물을 대어 주로 벼를 심어 가꾸는 땅
두둑(두렁)	논이나 밭 가장자리에 경계를 이룰 수 있도록 두두룩하게 만든 것
남새	밭에서 기르는 농작물. 채소(菜蔬)
벼	볏과의 한해살이풀
쌀	벼에서 껍질을 벗겨 낸 알맹이
배미	논두렁으로 둘러싸인 논의 하나하나의 구역.
여름	열매. 농사(農事), 수확(收穫)
이랑	논이나 밭을 갈아 골을 타서 두두룩하게 흙을 쌓아 만든 곳

17 단위와 관련된 순우리말

제시어

가웃, 다림, 아름은
무슨 뜻일까요?

가늠하다 목표나 기준에 맞고 안 맞음을 헤아려 보다.

가웃 앞말이 가리키는 단위에 그 절반 정도를 더 보태는 뜻을 더하는 접미사

길 길이의 단위. 한 길은 여덟 자 또는 열 자로 약 2.4미터 또는 3미터에 해당

눈 자·저울·온도계 따위에 표시하여 길이·양(量)·도수(度數) 따위를 나타내는 금

달다 저울로 무게를 헤아리다.

다림	수평이나 수직을 헤아려 보는 일
마리	짐승이나 물고기, 벌레 따위를 세는 단위
발	길이의 단위. 한 발은 두 팔을 양옆으로 펴서 벌렸을 때 한 쪽 손끝에서 다른 쪽 손끝까지의 길이
홉	부피의 단위. 곡식, 가루, 액체 따위의 부피를 잴 때 쓴다.
되	곡식, 가루, 액체 따위를 담아 분량을 헤아리는 데 쓰는 그 릇. 한 되는 한 말의 10분의 1, 한 홉의 열 배로 약 1.8리 터에 해당
말	곡식, 액체, 가루 따위의 분량을 되는 데 쓰는 그릇. 한 말 은 한 되의 열 배로 약 18리터에 해당
벌	같은 일을 거듭해서 할 때에 거듭되는 일의 하나하나를 세 는 단위. 의복의 단위
뼘	엄지손가락과 다른 손가락을 완전히 펴서 벌렸을 때에 두 끝 사이의 거리
술	밥 따위의 음식물을 숟가락으로 떠 그 분량을 세는 단위
아름	두 팔을 둥글게 모아서 만든 둘레. 둘레의 길이를 나타내는 단위

제시어

가멸, 길미, 민값은

무슨 뜻일까요?

가멸	'부'를 예스럽게 이르는 말
가멸다	돈이 많다. 살림이 넉넉하다. 풍족하다.
가멸차다	재산이나 자원 따위가 매우 많고 풍족하다.
값	사고파는 물건에 일정하게 매겨진 액수
값나가다	값이 많은 액수에 이르다.
값싸다	물건 따위의 값이 낮다. 가치나 보람이 적고 보잘것없다.
값지다	물건 따위가 값이 많이 나갈 만한 가치가 있다.
길미	이자

덤	제 값어치 외에 거저로 조금 더 얹어 주는 일. 또는 그런 물건
민값	물건을 받기 전에 먼저 주는 물건값
비싸다	물건값이나 사람 또는 물건을 쓰는 데 드는 비용이 보통보다 높다.
빚지다	남에게 돈이나 물건 따위를 꾸어 쓰다.
어음	일정한 금액을 일정한 날짜와 장소에서 치를 것을 약속하거나 제삼자에게 그 지급을 위탁하는 유가 증권
사재기하다	'매점하다'를 일상적으로 이르는 말
삯	일한 데 대한 품값으로 주는 돈이나 물건
싸다	물건값이나 사람 또는 물건을 쓰는 데 드는 비용이 보통보다 낮다.
주릅	흥정을 붙여 주고 보수를 받는 것을 직업으로 하는 사람

호칭과 관련된 순우리말

19

 제시어

분네, 시누, 오라비는

무슨 뜻일까요?

각시   '아내'를 달리 이르는 말

나그네   자기 고장을 떠나 다른 곳에 잠시 머물거나 떠도는 사람

나라님   나라의 임자라는 뜻으로, '임금'을 이르는 말

누나   남자가 손위의 여자 형제를 부르는 호칭. 누님

누이   남자가 여동생을 부르는 호칭

동무   늘 친하게 어울리는 사람. 어떤 일을 짝이 되어 함께 하는
   사람

마누라   중년이 넘은 아내를 허물없이 이르는 말

마님	지체가 높은 집안의 부인을 높여서 이르는 말
벗	비슷한 또래로서 서로 친하게 사귀는 사람. 친구.
분	사람을 높여서 이르는 말. 높이는 사람을 세는 단위
분네	둘 이상의 사람을 높여 이르는 말
색시	갓 결혼한 여자
시누이	남편의 누나나 여동생. 시누
아가씨	시집갈 나이의 여자를 이르거나 부르는 말
아씨	아랫사람들이 젊은 부녀자를 높여 이르는 말
아우	성별이 같은 동생을 이르거나 가리키는 말
아이	나이 어린 사람. 아기
어른	다 자란 사람
오라버니	'오빠'의 높임말
오라비	여자가 남동생을 이르는 말

집과 관련된 순우리말

제시어

고래, 도리, 섬돌은

무엇을 뜻하나요?

고래   방의 구들장 밑으로 나 있는, 불길과 연기가 통하여 나가는
      길

구들   고래를 켜고 구들장을 덮고 흙을 발라 방바닥을 만들고 불을
      때어 난방을 하는 구조물. 온돌

기둥   건축물에서, 주춧돌 위에 세워 보 · 도리 따위를 받치는 나무

다락   주로 부엌 위에 이 층처럼 만들어서 물건을 넣어 두는 곳

도리   서까래를 받치기 위하여 기둥 위에 건너지르는 나무

담   집이나 일정한 공간을 둘러막기 위하여 흙, 돌, 벽돌 따위로
      쌓아 올린 것

뒤꼍	집 뒤에 있는 뜰이나 마당
뜨락	집 안의 앞뒤나 좌우로 가까이 딸려 있는 빈터. 뜰
마루	집채 안에 널빤지로 바닥을 깔아놓은 곳
미닫이	문이나 창 따위를 옆으로 밀어서 열고 닫는 방식
서까래	마룻대에서 도리 또는 보에 걸쳐 지른 나무
섬돌	돌층계
여닫이	문틀에 고정되어 있는 경첩이나 돌쩌귀 따위를 축으로 하여 열고 닫고 하는 방식
울	울타리
이다	기와나 이엉 따위로 지붕 위를 덮다.
이엉	초가집의 지붕이나 담을 이기 위하여 짚이나 새 따위로 엮은 물건
지붕	집의 맨 꼭대기 부분을 덮어 씌우는 덮개
채	집을 세는 단위

다섯째 마당

글쓰기 연습

하고 싶은 말은 많은데 막상 글로 쓰려면 너무 어려워요.

 맞아요. 생각을 정리해서 일목요연하게 글로 쓰는 일은 생각보다 쉽지 않습니다.

글쓰기 실력을 키우는 방법이 있을까요?

 글쓰기에 왕도는 없다고 하죠. 다른 사람의 글을 많이 읽고 또 쓰는 연습을 많이 하다보면 글솜씨도 조금씩 는답니다.

그래도 권해주실 만한 방법이 있을 거 같은데요.

 그러면 제가 글쓰기 코칭하면서 작가님들께 권해드리는 몇 가지 방법을 알려드릴게요. 대단한 기술이 아니라 자신의 마음을 들여다 보고 생각을 정리할 수 있도록 도움을 주는 글쓰기 훈련법이라고 생각하시면 됩니다.

아! 예를 들어 어떤 것들이 있을까요?

 자신을 소개하는 글부터 시작해서, 다른 사람의 글을 토대로 바꾸어 써 보기, 그림을 그리듯 묘사하기, 첫 문장 쓰는 법, 자신의 마음에 귀 기울이기와 같은 방법이 있습니다.

우와! 정말요? 저 열심히 해 볼게요.

글쓰기 세계의 불문율을 파괴하다 : 길게 써도 된다

'한 문장의 길이를 짧게 써라.'

글쓰기 세계의 불문율이죠.

글쓰기 관련 책들을 200권 넘게 가지고 있는데요(수집용으로 구입한 책들도 많습니다), '한 문장의 길이를 길게 써라.'라고 말하는 내용을 보지 못했어요. 한 문장의 길이가 길다는 것은 주어와 서술어 간격이 많이 떨어져 있다는 뜻이고, 그 사이에 불필요한 단어들이 있어 전하고자 하는 메시지가 명확하지 않다는 겁니다. 그래서 특별한 경우를 제외하고는(저자가 중얼거리듯 자신의 마음을 표현하는 독백, 분노를 마음껏 표출하는 내용 등) 한 문장의 길이를 짧게 쓰는 게 좋다고 주장하고 있어요.

저는 글쓰기 수업을 할 때 작가님들께 한글문서 11포인트 글자 크기 기준, 한 문장을 한 줄 반 이상 넘지 않도록 쓰는 게 좋다고 말씀드리고 있습니다.

그러던 어느 날(전래동화 아니고요. 하하), 신선한 책을 발견했습니다. 김정선 저자의 《열 문장 쓰는 법》인데요, '한 문장을 길게 쓰는 연습이 필요한 이유'를 써 놓았어요. 아니, 글쓰기 관련 책 죄다 짧게 쓰라고들 난리인데 한 문장을 길게 쓰는 연습이 필요하다니요? 책을 팔기 위한 전략인가 싶기도 했어요.

긴 문장을 끊지 않고 이어서 쓰면 무엇보다 한 문장 써 놓고 다음 문장엔 뭘 써야 할지 막막해서 글을 이어 나가지 못하는 사태를 방지할 수 있습니다. 내가 하고 싶었던 이야기, 그러니까 온전한 나만의 것을 일단은 방해받지 않고 써 나갈 수 있는 거죠.

그래서 태어나서 처음으로 '나'를 주제로 3분 동안 생각나는 대로 무작정 한 문장으로 써 보았습니다.

내 이름은 백미정인데 아름다울 미, 곧을 정 한자를 쓰고 키는 168센티미터, 몸무게는 일급비밀로 하며 평범해도 너무 평범한 얼굴이지만 속눈썹을 붙이고 온 날에는 남편이 나를 보고 마릴린 먼로를 닮았다 했으니 믿거나 말거나지만 나는 믿어 보고 싶고 믿음이 참 좋다는 생각이 들면서 외모 말고 나에 대해 무얼 쓸까 아니, 무얼 쓸 수 있을까 잠시 고민하는 가운데 글쓰기를 좋아하고 잘 한다는 사실이 떠올랐고 올해 나이 마흔넷인데 십 년 뒤 내 모습은 어떠할까 기대되는 삶을 살고 있어 행복하다.

글 잘 쓰고 싶어 이 책을 선택하셨죠? 글쓰기는 글쓰기로 배울 수 있습니다. 저처럼 3분 동안, '나'를 주제로 무의식의 흐름에 따라 '한 문장으로 글쓰기' 시작하겠습니다. 자, 휴대폰 알람 설정을 해 주세요. 3분에 맞추면 됩니다. 다음, 노트와 펜을 준비하시고 스타트!

짝짝짝!

오늘의 글쓰기는 여기까지!

글쓰기를 실천한 당신, 떠나라!

떠나는 건 잠시 미뤄두시고 뿌듯함을 느낀 후, 다음 진도 나가 보겠습니다. 앞에 쓴 글을 토막 내는 작업이 남았어요. 쉼표, 마침표, 큰 따옴표, 작은따옴표, 물음표, 느낌표를 적극 활용하고 끊을 수 있는 부분은 무조건 끊는다는 생각으로 한 문장 글쓰기 한 것을 토막 내어 보겠습니다. 토막을 내면서 살짝 고쳐보고 싶은 곳, 지우고 싶은 곳이 있으면 그것도 같이요.

내 이름은 백미정. 아름다울 미, 곧을 정 한자를 쓴다. 키는 168센티미터, 몸무게는 일급비밀이다. 평범해도 너무 평범한 얼굴이지만 속눈썹을 붙이고 온 날에는 남편이 말한다.

"마릴린 먼로 같네." 난, 남편의 말을 믿는다.

외모 말고 무얼 쓸까 아니, 무얼 쓸 수 있을까 잠시 고민해 본다. 글쓰기를 좋아하고 잘 한다는 사실이 떠올랐다.

올해 나이 마흔넷. '10년 뒤 내 모습은 어떨까?' 기대되는 삶을 살고 있어 행복하다.

제법 그럴싸하죠? 고개를 끄덕끄덕해 주셨으리라 믿습니다.

이제, 당신 차례입니다. 앞에 썼던 한 문장을 토막 내는 작업을 해 볼게요. 수정하고 싶은 곳이 있을 겁니다. 지우고 싶은 곳이 있을 겁니다. 느낌을 믿으세요. 수정하고 지우면서 한 문장을 토막 내어 보세요. 저처럼 쉼표, 마침표, 큰 따옴표, 작은따옴표, 물음표, 느낌표를 적극 활용해 주시고요.

축하드립니다!

오늘 글 한 편을 쓰셨네요!

글을 잘 썼는지 못 썼는지 판단하는 것은 최소 개인 저서 5권 이상 출간하고 나서 해 주세요. 오늘은 일단, 글을 썼다는 것에 의미를 두길 바랍니다.

한 문장 길게 쓰기.

그리고

문장 부호 활용해서 토막 내기.

이렇게도 써 보고 저렇게도 써 보면서 자신에게 맞는 글쓰기 방법과 스타일(문체)을 찾아가세요.

글쓰기는 글쓰기로 배울 수 있습니다.

02 공감할 수 있는 글쓰기 방법 : 수미상관 구조

동생이 엄마에게 혀를 삐쭉 내밀거나 "얼레리 꼴레리."라고 할 때마다 엄마는 나한테 말한다.

"형인 너한테 배워서 그런 거야. 그러니까 형이 잘해야지."

짜증나. 내가 뭐 어쨌다고? 엄마면 다야? 엄마는 기분이 좋으면 우리에게 잘해 주고, 기분이 나쁠 때는 괜히 우리한테 화풀이한다.

제가 사용하는 노트 중 한 권의 마지막 장, 아들 셋 중 한 녀석이 써 놓은 글을 발견했습니다. 중얼거리듯, 혼자만 봐야 하는 것처럼 썼으나 언젠가는 제가 보게 될 노트를 선택했다는 것은

235

'엄마가 봐야 해!'라는 단단한 의지를 표현한 듯했어요.

처음엔 귀여웠지만 '그래도 그렇지. 엄마한테 감히!' 싶었어요. 다음 감정은 '부끄러움'이었습니다.

네 살 아이와 엄마가 놀이터에 갔답니다. 열 살 정도 되어 보이는 초등학생 아이가 십 분이 넘도록 미끄럼틀을 독차지하고 놀고 있었대요. 네 살 아이의 엄마는 밝은 목소리로 초등학생에게 말했습니다.

"얘야, 혼자 재미있게 많이 놀았지? 이제 좀 비켜줄래?"

하지만 초등학생은 '요즘 아이들'이었죠.

"싫은데요. 제가 먼저 놀고 있었잖아요."

아이의 말에 네 살 아이의 엄마는 그 자리에 박힌 나무가 된 것 같았습니다. 아이와 싸우는 부끄러운 어른이 될 수는 없었기에 엄마는 집으로 돌아가 혼잣말로 중얼거렸습니다.

"기가 막혀서. 하여튼, 요즘 애들 문제야."

이와 같은 상황을 마주한다면 여러분은 어떻게 말하고 행동했을 것 같나요? 아마, 이야기 속에 나오는 엄마의 반응과 비슷했을 거예요. 미끄럼틀이 자기 소유인 것마냥 놀고 있던 아이가 잘못했으면 잘못했지, 십 분이나 기다려 주었다가 고상하게 자신의 뜻을 전달한 네 살 아이의 엄마에게 무슨 잘못이 있겠어요.

우리, 본질을 깊이 들여다볼까요? 대상은, 네 살 아이든 열 살 아이든 똑같은 아이라는 것입니다. 열 살 아이의 공감 능력, 배려, 이해심은 어른에 비해 어느 정도나 될까요? 같은 열 살 아이라고 해도 주 양육자와의 관계, 자라온 배경 등에 따라 차이가 클 수도 있겠고요. 아이 입장에서는 먼저 와서 재미있게 놀고 있던 자신만의 공간을 침해한 아주머니와 네 살 아이가 다른 놀이터로 가는 게 맞다고 생각했을 겁니다.

처지와 입장을 바꾸어서 생각하는 역지사지. '공감' 능력을 발휘할 수 있는 방법 중 하나입니다.

아들이 "아이 씨! 짜증나!"라고 말할 때마다 옆집 어르신이 나에게 말한다.

"엄마가 평소에 짜증을 잘 내니까 아이들도 금방 따라 하잖아. 좀 잘해요."

내 기분은 내 기분이고 아들 기분은 아들 기분인 거지, 그걸 왜 나랑 연결시켜? 그럼 뭐, 당신은 잘하고 있나? 누가 누굴 보고 잘하래? 남 지적질하기 전에 당신이나 잘하라고!

아들의 마음에 공감하려는 노력과 함께, 비슷한 상황을 상상해서 글로 써 보았어요. 남의 가정사를 잘 알지도 못하면서 참견

237

하고 잔소리하는 상상 속 옆집 어르신, 화가 나네요.

'아, 아들 마음이 이랬던 거구나.' 싶었습니다.

글쓰기 기술 중 '수미상관 구조'라는 것이 있습니다. 머리와 꼬리, 처음과 끝이 서로 통한다는 뜻을 가지고 있는 수미상관은 글의 일관성을 유지할 수 있는 좋은 구조이죠. 앞에서 보여드린 것처럼 A로 시작했던 내용(아들의 일기)을 마무리 부분에서 A' 형식(역지사지 정신으로 상상의 글쓰기)으로 살짝 비틀어 재창조해서 쓰는 것을 말합니다. 즉, 글의 처음 문단과 마지막 문단을 비슷한 내용과 형태로 배치하는 것이지요. 머리와 꼬리, 처음과 끝이 서로 통한다는 수미상관은 처지와 입장을 바꾸어서 생각하는 역지사지와 닮아 있습니다.

내 아들은 어떤 마음이었기에 엄마에게 보란 듯이 글을 썼을까, 궁금했어요. 글로 써서 표현해야 할 만큼 억울했던 모양입니다. 아들이 쓴 글을 읽고 수미상관 구조로 글을 써 보면서 아들이 느꼈을 감정을 조금 공감할 수 있었어요. 글쓰기는, 참 좋은 친구입니다.

자신의 생각과 감정에 어긋나는 글을 쓰면 스스로를 감당하기 힘들어집니다. 글이란 게 그래요. 진심을 0순위로 두지 않으면 자신의 마음에서든 독자의 시선에서든 꼭 어긋나게 되어 있습니다.

그래서 우리는 성찰(자기의 마음을 반성하고 살핌)을 하고, 내가 쓴 글을 교열(문서나 원고를 읽으면서 잘못되거나 어색한 곳을 고쳐나가는 작업)하기도 합니다.

소중한 인생을 잘 살아내기 위해서는, 내 생각과 감정의 결과인 A를 순간순간 돌아봐야 합니다. 잘못된 A를 수정하기 위해, 또는 A처럼 다시 살아내기 위해 우리는 A'를 씁니다. 생각과 감정을 정리하는 과정 속에서 나와 상대방의 마음을 다시 들여다보는 노력, 자신의 들쑥날쑥한 감정을 있는 그대로 바라보며 서서히 정리해 나가는 노력을 할 수 있는 글쓰기는, 참 좋은 친구입니다.

글의 마무리에서 독자에게 희망을 주어야 한다거나, 전하고자 하는 메시지가 있어야 하는 건 아닙니다. 잘 살아내고 나면 성장한 마음이 자연스레 글에 묻어날 테니, 우리는 계속 글을 쓰면서 변화를 기대하면 됩니다.

'잘 살자! 글 쓰자!'를 선택할 당신의 A는 역지사지와 수미상관의 아름다움을 깨닫게 해줄 것입니다.

A : 나는 오늘, 행복한 감정을 가장 많이 느꼈다.

위 A 문장을 조금 바꾸어 A' 문장으로 재창조해 볼까요?

예. 나는 내일, 오늘보다 더 행복한 감정을 느낄 것이다.

03 보여주는 글쓰기 : 묘사의 힘

'말하지 말고 보여주라.'

이 역시 글쓰기 세계의 고전적 원칙이라고 할 수 있는 주장입
니다. 《묘사의 힘》의 저자 샌드라 거스는 슬프다고 '말하지' 말
고 한 쪽만 해진 초록색 2인용 소파를 '보여주라'고 합니다. 표
현이 예술이죠?

몇 권의 개인저서를 출간한 작가도 묘사 기법으로 글 쓰는 것
을 힘들어 하는 경우를 봤습니다. 감성보다 이성의 성향이 강해
서 그럴 수도 있고요. 하지만 내 글이 풍부해질 수 있는 방법, 표

현을 다양하게 함으로써 독자들에게 즐거움을 줄 수 있는 방법으로 '묘사'만큼 뛰어난 게 없다고 생각합니다.

글쓰기는 글쓰기로만 배울 수 있다고 말씀드렸죠? 묘사 기법으로 글쓰기, 함께 해 봐요.

말하기 대 보여주기

'말하기'와 '보여주기'는 어떤 차이가 있을까요? 개념이 머릿속에 그려지고 나면 전달하고자 하는 바를 더 명확히 표현할 수 있는 이치와 같습니다.

'말하기'는 독자에게 사건을 보고하고 사실을 전달하는 것.

'보여주기'는 독자의 감정을 불러일으켜 독자 스스로 그 장면을 경험하도록 도와주는 것.

예를 들어 보겠습니다.

영희는 화가 났다.

영희가 화 난 사실을 있는 그대로 독자에게 전달하고 있죠? 묘사 기법으로 '보여주기'를 해서 영희가 화났다는 것을 독자 스스로 결론내릴 수 있도록 써 보겠습니다.

영희는 발을 쿵쾅거리며 주방으로 와서는 손으로 식탁을 내리쳤다. 씩씩
거리는 영희의 콧바람이 황소를 떠올리게 했다.

이것이 묘사의 힘입니다. 자, 여러분도 영희가 화가 났다는
것을 말하지 말고 보여주기로 글을 써 보세요.

....

....

....

저는 '묘사'를 다른 말로 '사진 찍기'라고 합니다. 사진에 나
와 있는 사람들의 표정이나 몸짓, 풍경, 색깔 등을 설명하듯 글
을 쓰니 묘사가 되더라고요.

무릎 위까지 오는 시원한 민소매 원피스를 입었다.

두 팔을 벌려 비행기 흉내를 낸다.

노을을 준비하고 있는 하늘이 보인다.

넓은 들판에서 빙글빙글 돌며 춤을 춘다.

몇 년 간 정성스레 기른 머리카락이 바람에 흩날린다.

사진을 설명하듯 써 보았습니다. 여자가 느끼고 있는 감정은 무엇인 것 같나요? 행복, 설렘, 기쁨, 보람 등이 떠오르네요.

여러분도 다음 사진을 관찰하며 설명하듯 써 보세요.

245

아마, 감정 단어(행복하다, 즐겁다, 감사하다 등)를 쓰지 않았을 겁니다. 수동적인 동사(~듯했다, 보였다, 느꼈다 등)도 쓰지 않았을 거고요. 추상적인 형용사(아름다운, 예쁜, 좋은 등)도 없죠? 이것이 묘사를 잘 쓸 수 있는 방법이자, 제가 묘사를 '사진 찍기'라고 표현하는 이유입니다.

오늘은 여러분이 행복해하는 모습을 사진으로 남겨 보시면 좋겠어요. 자신에게 "나는 행복해."라고 말하는 것도 좋지만 자신을 행복하게 해 주는 서점 나들이, 옷 구경, 맛있는 음식 사 먹기, 커피숍 가기 등을 경험으로 보여준다면 행복은 배가 될 겁니다.

대충 쓰자 : 빼면 된다

어설프고 빠름, 또는 그런 태도.

'졸속'의 사전적 정의로, 일을 성급하게 하거나 넘겨짚어 처리하는 것을 의미합니다. 뜻이 좋지 않지만 《손자병법》에서만큼은 해석을 달리 했습니다. 전쟁 준비나 전쟁 자체를 질질 끌게 되면 백 퍼센트 망하게 된다고 합니다. 시간이 흐를수록 '무기는 둔해지고 사기는 꺾여 성을 공격해도 힘만 소진'되기 때문이지요. 내란이 일어날 가능성도 있고요. 준비가 조금 부족하다 할지라도 기회를 보아 즉시 전쟁을 하는 것, 이것이 《손자병법》에서 말하는 '졸속'의 의미입니다.

"엄마, 라면 끓여 줘."

"네가 해먹어."

"엄마가 해줘."

"네가 할 수 있잖아. 근데 왜 자꾸 엄마한테 그래?"

"나도 엄마가 안마해 달라 할 때 그냥 해주잖아."

"엄마도 네가 부탁할 때 해 준 적 많아."

"그냥 좀 해주면 안 돼? 이번에도 부탁할게."

"물론 너는 부탁을 할 수 있어. 그리고 엄마는 부탁을 거절할 권리가 있
  고." (권리씩이나….)

"라면 끓이는 게 그렇게 어려워?"

"쉬워. 그러니까 네가 해먹으라고."

"엄마가 해줘!"

"싫어!"

"아아아!"

"왜 이렇게까지 하는 거야?"

"됐어."

"아니, 이게 이렇게까지 화낼 일이냐구?"

"됐다고."

"으이그. 이번엔 해줄게. 다음엔 네가 끓여 먹어."

아들과 있었던 일인데요, 부끄러운 감정이 가슴 깊은 곳에서

부터 목을 뚫고 나오네요. 졸속을 선택하지 않은 라면 전쟁에서 저는 패하고 말았습니다.

국산 생마 약 15그램에 해당하는 마를 통째로 갈아 넣었습니다.

음료수 병에 붙어 있던 문구입니다. 생마와 마의 차이점, 무엇일까요? 글자 개수 외에 없습니다. 음료 만드는 회사에서 저에게 카피를 부탁한다면 이렇게 쓰겠어요.

15그램의 국산 생마, 통.째.로! 갈아 넣었습니다.

위 문장이나 제가 고친 문장이나 전하고자 하는 메시지는 '몸에 좋은 생마, 그대로 넣었어요.'입니다. 한 문장에 같은 단어가 중복해서 나오면 멋없는 글이 됩니다. 작가의 능력이 부족해 보이기도 합니다. 밤잠을 설치고 이불킥을 날리면서 글을 썼을 텐데, 중복 단어 때문에 없어 보이는 작가가 된다는 건 억울한 일입니다. 더 억울한 건 반박할 수 없다는 사실이죠.

야단치다 : 소리를 높여 호되게 꾸짖다.
예) 애가 모르고 그랬으니 애에게 너무 야단치지 마라.
표준국어대사전에 나오는 '야단치다'의 뜻풀이와 예시글입니다. '애가 모르고 그랬으니 애에게 너무 야단치지 마라'에서 걸리는 부분이 있나요? 어떤 단어를 빼고 싶었나요? 그렇다면 짝짝짝! 박수를 보내 드립니다.

중복되는 단어인 '애에게'를 빼 보겠습니다. '애가 모르고 그랬으니 너무 야단치지 마라.' 문장이 깔끔해 졌습니다. 글쓰기, 책 쓰기에서 '중복'은 좋지 않습니다.

저와 제 아들의 대화가 대화 같지 않고 답답한 이유는, 했던 말을 하고 또 하면서 하기 싫은 건 안 하려고 하는 이기적인 마음 때문입니다. 국산 생마를 엄청 팔고 싶어 하는 회사, 글을 고치기 귀찮아하는 교열 담당자처럼 말이죠.

'중복'은 글을 늘어지게 만듭니다. 같은 곳을 뱅뱅 도는 듯한 답답함을 줍니다. 이것을 해결할 수 있는 방법은 무엇일까요?

일단, 빨리 글을 쓰는 것입니다. 그리고 글 한 편의 분량을 채우고 나면(초안 완성) 반드시 해야 할 것, '퇴고'입니다. '한 문장에 한 가지는 꼭 고쳐 볼 테야!'라는 다짐과 함께 말이죠. 한 문장 속에 중복해서 쓴 단어는 없는지 꼭! 보세요.

진짜 전쟁은 초안 완성 후 퇴고부터입니다. 전쟁을 피하려 하면 즉, 글을 고치지 않으면 작가로서 볼품없고 능력 없고 게으른 사람이 됩니다. 준비가 조금 부족하다 할지라도 즉시 글쓰기를 하는 '졸속의 글쓰기'로 초안을 완성한 후 퇴고하며 중복 단어 빼기. 글쓰기 실력을 향상시킬 수 있는 방법 중 하나입니다. 10년 간 40여 편의 원고를 쓴 사람의 말이니 믿어 보세요.

글, 대충 쓰세요. 그리고 뺄 건 빼면 됩니다.

'엄마'를 주제로 5분 동안 '졸속의 글쓰기'(대충 글쓰기)를 해 볼까요?

초안 완성 후 10분 동안 글을 고쳐 보세요. 오늘은 한 문장에서 중복해서 쓴 단어를 골라내는 것이 목표입니다. 빗금 치기, 마음껏 해 주세요.

병실 밖으로 한 발짝도 나갈 수 없을 만큼 움직임이 불편한 암 환자를 만난 적이 있습니다. 그는 생의 의지를 포기한 채 마음의 문을 걸어 잠갔습니다. 제가 한 일은 병실을 직접 찾아가 그에게 여러 그림들을 보여주는 것이었습니다.

자연 풍경의 그림 한 장을 보자, 그는 놀랍게도 하염없는 눈물을 흘렸습니다.

김선현.《그림의 힘》

그림 앞에서 솔직해지는 이유, 그림은 '느낌'으로 다가오기 때문이라고 합니다. 느낌 즉, 감정은 생각보다 많이 중요합니다. 인생의 변화가 있기 위해서는 감정의 변화가 우선되어야 하니까요. '명화 감상하며 나에게 편지쓰기'로 글쓰기 수업을 진행한 적이 있었어요. 주제에 따라 눈물을 흘리며 글쓰기를 멈칫 하는 순간들도 있었지만, 깊은 감정을 어루만져 주는 명화와 함께 나에게 편지를 쓰는 행위는 치유를 선물해 주었습니다.

일기가 아닌 이상, 글은 누군가에게 보여주기 위해 씁니다. 카카오톡에서 주고받는 내용 또한 그러하지요. 누군가를 위해 글을 쓸 수 있으려면, 자신의 마음부터 쓸 수 있어야 합니다. 모든 문제와 해결점은 '나'에게 있다는 것, 진리입니다.

글쓰기 연습도 하면서 내 마음을 바라보고 어루만져 줄 수 있는 '명화 감상하며 나에게 편지쓰기' 함께해 볼게요. 순서대로 천천히, 편안하게 나아가면 됩니다.

빅토르 비뇽 〈산책하는 엄마와 아이〉

Q1 위 명화를 1분 동안 감상해 주세요. 그리고 떠오르는 단어 3가지를
써 주세요.

예) 초록색, 산책, 동행

Q2 1번에 쓴 단어 중 최소한 1가지 단어가 들어가도록, 자신을 인정하
고 이해해 주는 말을 써 주세요.

예) 초록이 주는 평안함을 추구하며 살아온 미정아, 함께하는 소중한
사람들과 산책하듯 동행하며 열심히 잘 살아 주었구나. 그동안
얼마나 힘들었니? 이젠, 천천히 걸어가 보자.

....

....

....

Q3 당신이 내면에 가지고 있는 가치 중 3가지를 써 보세요.

예) 다른 사람들도 인정해 주는 노력.

나는 할 수 있다는 믿음.

만병통치약인 웃음.

....

....

....

Q4 나의 소중한 사람 3명을 써 주세요.

예) 남편, 아이들, 작가님들

....

Q5 당신만의 명화의 제목을 지어 주세요.

예) 초록 풍경 / 두 사람

....

Q6 3번, 4번, 5번에 쓴 글을 다시금 읽어본 후 연결 고리를 찾아 글을 써 보세요.

예) 다른 사람들도 인정해 주는 노력, 나는 할 수 있다는 믿음, 만병통치약인 웃음을 나의 소중한 사람들인 남편, 아이들, 작가님들 덕분에 얻을 수 있었어. 그들과 함께했던 시간, 그들이 나에게 보내주었던 사랑의 마음 말이야. 이제 나는 내 안에 있는 가치들 그리고 소중한 사람들과 힘을 모아 또 다른 누군가에게 초록 풍경이 되어주고 싶어. 꿈이 있다는 건 참 행복한 일이야.

Q7 마지막으로, 당신의 이름을 부르며 사랑한다고 고백해 보세요.

당신은 그 어떤 것의 판단 기준이 아니다.

그런 기준 따위로는 설명될 수 없는 존재다.

당신보다 더 나은 존재, 더 못한 존재는

영원히 존재하지 않는다.

- 웨인 다이어 《우리는 모두 죽는다는 것을 기억하라》 -

나에게 선물을 준다는 마음으로, 앞에서 쓴 글들을 정리하며 타이핑하거나 노트에 예쁘게 옮겨 써 보세요. 그리고 수정하고 싶은 부분은 과감히 수정해 주세요. 낭독하며 글을 정리한다면 금상첨화입니다. 오롯이 나만을 위해 목소리를 내는 시간이니까요.

당신은 그 어떤 기준으로도 설명되지 않는 소중한 분입니다.

첫 문장, 어떻게 쓸까? : 글쓰기 코치가 추천하는 4가지 방법

글쓰기 관련 책들을 읽어 오면서 작가님들은 첫 문장을 어떻게 생각하는지 딱, 두 부류로 나뉘어졌습니다.

"첫 문장이 마음에 들지 않으면 글을 읽지 않습니다."
"첫 문장, 개의치 않아요. 중요하지 않으니 마음대로 쓰세요."

여러분은 어느 쪽 주장에 동의하시나요? 저는 첫 문장을 어떻게 쓸지 고민한 적이 한 번도 없어요. 그냥 생각나는 대로, 제 마음의 소리를 따라 마구 적어 내려갔습니다. 첫 문장에 정성을 기울이느냐 아니냐는 옳고 그름의 문제가 아니죠. 이렇게도 써 보고 저렇게도 써 보면서 여러분에게 맞는 글쓰기 스타일 찾기. 제가 지금 이 책을 쓰고 있는 목적 중 하나입니다.

그래도 첫 문장을 조금 쉽게 쓰는 비법이 있냐고 질문 주신다면, 그동안 우리 작가님들과 함께 하며 작가님들의 내공이 빛을 발했던 '첫 문장 쉽게 쓰는 4가지 비법'을 소개해 드리겠습니다.

1. 의성어와 의태어를 활용하자.

사람이나 사물의 소리를 흉내 낸 단어를 '의성어'라고 하죠. 삐약삐약, 졸졸, 쿵쿵 등을 예로 들 수 있겠고요. 사람이나 사물의 모양이나 태도, 행동 등을 묘사한 단어는 '의태어'라고 합니다. 어슬렁어슬렁, 흐느적흐느적 등이 예입니다.

오늘은 의성어 중 한 가지 단어를 선택해서 첫 문장을 써 볼까요? '째깍째깍' 단어를 보고 드는 생각을 바로 적으시면 됩니다.

째깍째깍.

....

....

여러분이 어떤 문장을 썼을지 궁금하네요. 저는 이렇게 써 보았습니다.

째깍째깍.
시계 초침 소리에 묻고 싶다. '넌 어딜 향해 그리 바삐 가니?'

한 번 더 써 보시면 좋겠어요.

째깍째깍.

....

....

....

여러분의 시간을 축복합니다.

2. 명언, 드라마 명대사, CF 카피를 활용하자.

"널 만나고 되는 게 하나도 없어!"
이 광고의 카피를 알고 계신다면, 연배가 40대 이상이시겠죠? 정우성 배우가 2% 음료수 광고를 할 때, 여자에게 낙엽을 뿌리며 외쳤던 말이에요. CF 카피 뒤, 어떤 생각이 드는지 또 써 볼게요.

"널 만나고 되는 게 하나도 없어!"

저는 이렇게 써 보았습니다.

"널 만나고 되는 게 하나도 없어!"
말하는 싸가지 하고는. 어디서 남 탓을 하는가.

모든 문제의 원인과 해결책은 '나'에게 있다는 것. 우리는 알고 있으니까요.

3. 겁나 짧게 쓰기

벗었다. 홀라당. 아니다. 수건으로 중요 부위는 가렸다.

– 신익수 〈은밀하게 화끈하게 설탕 투어〉 –

신익수 저자가 《100만 클릭을 부르는 글쓰기》에서 본인의 글을 인용한 부분인데요, 너무 재밌지 않나요? 세 글자로 이렇게 집중을 시킬 수 있다니요! 그래서 저도 겁나 짧은 말에는 무엇이 있을지 써 보았습니다.

젠장.

실수했다.

어쩌라고?

엎질러진 물.

겁나 짧은 첫 문장. 매력 있습니다.

여러분, 두 글자로 된 말을 써 보세요. 그리고 이어서 한 문장 더 써 보겠습니다.

예) 대박! 철쭉꽃이 바다처럼 펼쳐져 있다.

작은 고추가 맵다는데, 겁나 짧은 말도 매운 맛을 내는군요.

4. 큰 따옴표의 힘

작가로서 큰 따옴표를 활용한 첫 문장 쓰기의 가장 큰 장점은, 분량 채우기가 쉽다는 것입니다.

"당신 요즈음 무슨 일 있어?"

"왜?"

"아니, 그냥."

"사람 참 싱겁게. 왜?"

"그게 말이야."

"답답해 죽겠네. 그래서?"

"아니, 됐어."

"죽고 싶어?"

여덟 줄을 그냥 채웁니다. 어제 지인과 나누었던 대화를 쭉 써 보세요. 지금 하고 계신 글쓰기 연습의 목적은 독자에게 전하고자 하는 메시지 쓰기가 아니라, '분량 채우기'입니다. 그냥 편안하게 써 주시면 됩니다.

'글이 맑아서 뭐해요. 마실 것도 아닌데.'

제가 좋아하는 말입니다. 지금 마음이 어두우면 어두운 글 쓰면 됩니다. 답을 모르겠으면 '모르겠다.'라고 끝맺는 글 쓰면 됩니다. 첫 문장, 일단 쓰세요.

글 잘 쓸 수 있는 필사 비법 : 3단계 필사 훈련

베끼어 쓰다.

'필사'의 사전적 정의입니다. 필사 관련 책들을 읽으면서 문장력(글을 짓는 능력) 향상을 돕는 필사의 방법과 단계가 있음을 알게 되었어요. 그리고 필사의 비법을 지속적으로 공부하고 연구하면서 저에게 맞도록 재창조했습니다. 글 잘 쓸 수 있는 필사를 목적으로 필사 모임을 진행한 지 약 3년이 되었네요.

오늘은 '글 잘 쓸 수 있는 필사 방법 3단계'로 여러분의 문장력이 탄탄해지는 훈련을 해 볼게요.

글 잘 쓸 수 있는 필사 1단계 : 다섯 줄 내외로 필사하라.

책을 처음부터 끝까지 필사하는 분들도 있을 텐데요, 문장력 향상을 위한 필사에서는 방법을 달리합니다.

> 누군가의 글을 옮겨 적고 체화하려면 잘 읽고 관찰해야 한다. …
> 문장력을 향상시키기 위한 필사는 다른 방법으로 접근해야 한다. 좁은 범위(다섯 줄 내외)가 필사의 필수 조건이라 할 수 있다.
>
> – 김민영 외《필사 문장력 특강》 –

왜 다섯 줄 내외의 문장을 필사하는 걸까요? 선택과 집중 때문이죠. 문장을 선별하는 훈련이 축적되면, 좋은 문장의 구조를 자연스레 익힐 수 있습니다. 여러 문장 중, 왜 한 문장에 마음의 시선이 머무는 걸까요? 그 문장은 내 영혼의 상태, 지금 나에게 필요한 치유의 문장일 확률이 높습니다.

내 삶이 나쁘지 않다는, 내 영혼이 여기까지 잘 왔다는 증거를 모을 수 있도록 글을 쓰는 것이다. 글쓰기로 '잊힐 수밖에 없는' 내가 아닌, '기억할 수 있는' 내가 되어야 한다. 이는 오롯이 나의 몫이다. 외롭지만 명확한 결론을 약속할 수 있는 과정이다. 기록된 나의 모습을 통해 위로를 회복시켜 주고 무엇이 나를 잊게 했는지, 나는 무엇을 잊고 있었는지 알 때까지 고군분투하는 것.

잊은 것, 잃은 것이 제법 많은 듯한 나의 영혼아!

이제, 글의 위로를 받아주렴.

– 백미정 《커피 한 잔에 교양 한 스푼》 –

제가 쓴 책 중 일부 글귀를 가져왔어요. 위 문장들을 읽고 난 후, 한 문장을 선택하여 필사를 해 보겠습니다. 그리고 필사할 때 함께해야 할 것, 내 목소리가 내 귀에 들리도록 '낭독'하는 것입니다. 오롯이 나만을 위해 목소리를 내는 시간입니다. 언젠가 눈물이 핑, 도는 순간을 만나게 될 겁니다. 필사와 낭독, 꼭! 함께해 주세요.

글 잘 쓸 수 있는 필사 2단계 : 단어 뜻을 필사하라.

'언어의 한계는 세계의 한계다.'라고 하지요. 언어의 개수와 뜻은 제한되어 있어서 내 생각과 감정을 정확하게 표현하는 것,

대화할 때 서로의 뜻을 완벽하게 주고받는 것은 불가능합니다. 우리가 할 수 있는 최선은 단어 뜻을 최대한 많이, 명확하게 아는 것입니다.

사전 또는 온라인 검색으로 제가 선택한 단어의 뜻을 찾아 필사해 보니, 뜻을 잘못 알고 있는 단어도 제법 되더라고요. 그리고 전혀 생각하지 못했던 뜻을 가지고 있는 단어도 있었어요.

'완벽'이란 단어는 '흠이 없는 구슬'이라는 뜻을 가지고 있었습니다. 그리고 '연애'와 '열애'의 차이는 무엇일까요? 뜻을 찾아 필사해 보길 바랍니다. 모르는 것을, 잘못된 것을 바로 알아갈 때 느끼는 희열이 참 좋습니다. 우리, 필사와 연애하지 말고 열애하는 사이가 되어 보아요.

대화는 때에 따라 숨김이 필요하다. 하지만 글쓰기는 때에 상관없이 드러냄이 필요하다. 개방성, 공정성, 민첩성으로 나를 진단해 줄 수 있는 탁월한 수단이기 때문이다. 숨김이 필요했던 대화를 글쓰기로 가져올 수도 있다.

대화가 불안해질 때, 관계가 불안해질 때, 내가 창피해지는 글을 써야겠다. 그렇다고 불안이 없어지진 않지만 불안을 조절할 수 있는 고삐가 보이니까. 또는 불안이라 알고 있던 것이 나의 착각이나 오해였음을 알 수 있으니까.

- 백미정 《커피 한 잔에 교양 한 스푼》 -

앞 글에서 뜻을 찾아보고 싶은 단어 한 가지를 선택해 주세요. 그리고 단어의 뜻을 찾아 필사해 주세요.

....

....

단어 뜻을 필사하고 나니 어떤 생각이 드나요?

....

....

....

'word가 world를 창조'합니다. 단어 뜻 필사로 여러분의 세계를 만들어 가길 바랍니다.

글 잘 쓸 수 있는 필사 3단계 : 문장을 재창조하라.

괜찮니, 친구야? ☞ 괜찮니, 아들아?
지금까지 나를 기다려 줘서 고마워. ☞ 지금까지 나를 사랑해 줘서 고마워.

네가 상자 밖으로 나와서 참 다행이야! ☞ 네가 웃음을 되찾게 되어 참 다행이야!

무엇을 한 것 같나요? 비틀어 쓰기, 변형해서 쓰기, 바로 '문장 재창조'입니다.

문장을 필사하되 표현의 일부를 바꿔 쓰면서 응용하는 능력도 길러야 한다. 내 글로 전환해서 쓰는 재창조, 글 잘 쓸 수 있는 방법이다.

– 이세훈《선택적 필사의 힘》–

필사한 문장의 구조는 그대로 두고, 그 안의 단어들 중 한 가지를 선택해서 바꾸어 써 보는 거죠. 글 잘 쓸 수 있는 필사 1단계에서 여러분이 필사한 문장을 다시 써 보세요.

그리고 한 가지 단어를 선택해 주세요. 다른 단어로 바꾸어

쓰는 것, 이것이 '문장 재창조'입니다. 여러 가지 단어를 바꾸어 써 보는 것도 괜찮아요.

> 예) 글쓰기로 '잊힐 수밖에 없는' 내가 아닌, '기억할 수 있는' 내가 되어 야 한다. ☞ 독서로 '그럴 수밖에 없는' 내가 아닌, '그럼에도 이겨내 는' 내가 되자.
>
> 이제, 글의 위로를 받아주렴. ☞ 이제, 커피의 위로를 받아주렴.

유영만, 박용후 작가는 《언어를 디자인하라》에서 말했습니 다. '일상적으로 사용하는 단어의 의미를 반추해 보고 나의 체험 적 느낌과 깨달음으로 재정의해보는 노력은 사고혁명의 중요한 시발점이다.'라고요. 지금 여러분은 사고혁명의 첫걸음을 내딛 었습니다.

공부 잘하는 사람은 예습보다 복습을 더 중요하게 생각하죠. 글 잘 쓸 수 있는 필사 방법 3단계, 써 볼게요.

1단계 : (　　　　　　) 내외로 필사하라

2단계 : (　　　　　　) 뜻을 필사하라

3단계 : 문장을 (　　　　　)하라

필사를 사랑하는 선배들이 공통적으로 말하고 있는 '필사의 효과'는 무엇일까요? 바로 '자신과의 대화를 시작하게 되었다'는 것입니다. 우리는 누군가와 소통하기 위해 대화를 합니다. 여러분께 질문드립니다. 그렇다면 자신과 대화를 해 본 적, 언제인가요?

이제, 필사와 함께 자신과 대화를 시작해 보면 좋겠습니다. 세상에서 가장 소중한 자신의 이름을 조용히 불러 보세요. 그리고 대화를 나누는 도구로 필사를 선택해 주세요. 글 잘 쓸 수 있는, 자신과 대화를 나눌 수 있는 필사 비법이었습니다.

> **08** 글쓰기에 좋은 감정과 재료 :
> 감사 그리고 詩

"고맙습니다."

서로의 관계를 끈끈하게 엮어주는 다섯 글자입니다.

'고맙습니다' 어원은 어디서 왔을까요? 삼국유사에 나오는 단군의 어머니, 곰은 '고마'로 불렸다고 합니다. 그래서 '고마'는 '신'과 '존경'의 의미가 담겨 있고요. 정리하자면, '고맙습니다'는 "당신은 '고마'와 같이 신성하고 은혜로운, 존귀한 사람입니다."라는 뜻입니다. 존재 자체로 은혜롭고 고맙다는 거죠.

한 가지 더! Thank(고마워하다)와 Think(생각하다)는 같은 어원에서 유래되었다고 해요. 즉, '고마움을 전한다'는 뜻의 뿌리는 '생각하다'라는 것입니다. 내 삶에서 고마운 것은 무엇인지, 고마운 사람은 누구인지, 생각을 해야 한다는 거죠.

이은정 작가는 '처음 글 써서 번 돈으로 보일러에 기름을 가득 채웠을 때, 그 평범한 일상이 감사해서 눈물이 날 지경이었다'고 해요. 자신도 모르게 보일러 조절기 앞에서 꾸벅 인사를 하며 말했답니다.

"따뜻하게 해주셔서 감사합니다." 그리고 그 순간, 자신이 꿈에 다가설 수 있었던 힘은 감사한 마음 때문이었다는 깨달음을 얻었습니다.

감사하다고 말을 하면 자꾸 감사하고, 감사한 일이 꼬리를 물고 온다. 감정도 자꾸 느껴야 잊지 않는다. 그게 바로 마음을 쓰는 방법이었다.

– 이은정 《쓰는 사람, 이은정》 –

마음을 쓰는 방법, 생을 쓰는 방법은 감사의 감정을 자꾸 느끼는 것입니다. 감사한 일들을 자꾸 생각하는 것입니다. 감사한 마음을 자꾸 표현하는 것입니다. 말과 글로 말이지요.

고맙습니다. 노래 들으며 글 쓸 수 있는 조용한 시간, 감사합니다.

고맙습니다. 내 엉덩이를 지탱해 주는 의자, 감사합니다.

고맙습니다. 연두와 초록을 선물해 주는 율마(북아메리카가 원산지인 관엽 식물), 감사합니다.

지금의 시간 또는 공간, 내 곁에 있는 물체, 자연물을 떠올려 볼까요? 그리고 감사한 것 세 가지를 써 보세요.

....

....

....

의도적인 노력과 훈련은 우리를 성장시켜 줍니다. 감정을 선택하는 것 또한 마찬가지입니다. 의도적인 노력과 훈련으로 감사한 것 쓰기, 감사한 것 말하기만큼 좋은 게 또 어디 있을까요.

공자에게 '시'란 학문과 수양을 위해 필요한 가장 중요한 요소였다. '시'는 거짓말을 하지 않는다.

– 조윤제《다산의 마지막 질문》 –

저는 마음이 힘들어질 때마다 시집을 꺼냅니다. 시집을 읽어야겠다는 의지보다, 제 영혼이 저의 발걸음을 시집이 꽂혀있는 곳으로 옮기더라고요. '시'에 어떤 능력이 있기에 그런 걸까요. 사람마다 조금씩 다르겠지만, 저에게 있어 '시'는 희로애락 모든 감정이 나의 것임을 있는 그대로 받아들이게 하는 여유를 선물해 주었습니다. '시'란, 모든 것을 감사로 바꾸어주는 마법과 같았죠.

여러분에게도 '시'의 또 다른 언어가 '감사'이기를 바라며, 글쓰기에 좋은 감정과 재료인 '감사' 그리고 '시'로 함께해 보겠습니다.

'감사'에서 향기가 납니다. 여러분이 좋아하는 향기를 감사에 비유해 써 볼까요?

예) 아침에 마시는 아메리카노 향을 닮아 있는 감사.

'감사'를 보았습니다. 여러분을 기분 좋게 해 주는 풍경이나 기억을 떠올려 감사와 연결해 한 문장 써 보겠습니다.

예) 서점 진열대에 편안하게 누워있는 책을 닮아 있는 감사.

마지막으로, '감사'를 만졌습니다. 좋은 촉감과 함께 감사의 한 문장 써 볼게요.

예) 아이 엉덩이의 보송함을 닮아 있는 감사.

'감사'의 감정을 '시'처럼 쓰고 나니 어떤 새로운 감정이나 생각이 드나요?

의도적인 노력과 훈련을 해야 하는 것에는 '좋은 감정 선택하기'도 포함됩니다. 내 마음이 쩍쩍 갈라져 있으면 가뭄을 닮은 글을 씁니다. 내 마음에 불덩이가 있으면 독자가 가까이 다가가기 힘든 글을 씁니다(물론, 이런 글쓰기도 필요해요. 하지만 감정과 생각을 정제시켜 표현하는 것도 중요합니다).

감사 그리고 시. 글쓰기에 좋은 감정과 재료입니다. 감사한 마음을 시로 표현하는 하루 10분 투자로 글 잘 쓰는 사람이 될 수 있을 거예요.

감사합니다. 감사합니다. 감사합니다.

글쓰기의 또 다른 이름 : 경청

聽

'들을 청'입니다. 한자를 뜯어볼게요. 왕 같은 귀와 열 개의 눈이 있는 것처럼, 상대의 이야기에 집중합니다. 그래서 상대와 한 마음이 되어야 함을 보여주고 있습니다. 그만큼 경청은 쉽지 않다는 것일 텐데요, 여러분께 질문 드려 봅니다.

얼마만큼 경청해 주고 있나요?
자신에게 말이죠.

글을 쓰며 저에게도 질문했습니다. 오롯이 나의 마음에 경청해 주는 순간은 언제일까? 답은 '글을 쓸 때'였어요. 내 인생에 글쓰기를 선택한 것, 참 잘했다 싶었고요. 그래서 여러분과 함께 글을 쓰며 내 마음에 경청하는 시간, 마련했습니다.

그동안 내가 어떤 사람인지 몰랐고, 또 내 모습이 쉬이 보이지 않아 매번 나를 몰아세우고, 또 받아들이지 못해서 괴로웠나요? 지금껏 세상에서 가장 가까운 스스로를 제대로 보지 못했던 당신, 지금 이 순간 나 자신을 온전히 수용하고 인정하고 바라보면 좋겠습니다.
– 채환《인생을 바꾸는 100일 마음 챙김》 –

건강 평온 사랑
책임 협력 끈기
성찰 유연함 깨달음

위 가치 단어들 중, 나를 바라보고 있는 듯한 단어 한 가지를 선택해 주세요. 그리고 그 단어의 표정이 어떠한지, 단어가 하는 말과 행동을 상상해서 글을 써 볼게요.

예. 바라봅니다. '성찰'이 나를 바라봅니다. 나를 보고 싱긋 웃습니다. 잘 살아 왔노라 말해 줍니다. 어깨춤을 보여주며 즐거워합니다.

    인생의 가장 근본적이고 중요한 시점은 '지금'이라고 하죠. '지금'의 시간과 관계가 좋지 않으면 내 인생 모든 것에 영향을 끼치게 됩니다. 나는 어떤 사람인가, 나는 어떤 사람이 될 것인가 결정할 수 있는 것은 오로지 '지금'밖에 없습니다. '지금의 나'와 친구가 되어 주세요. 우리는 자신에게 자주 물어 봐야 합니다. '지금 나는 괜찮은가?'라고요.

몰입 행복 창조
활력 즐거움 나눔
우정 배움 호기심

    위 가치 단어들 중, '지금의 나'를 닮아 있는 단어 한 가지를 선택해 주세요. 그리고 선택한 단어와 함께 지금의 나는 어떻게 깨어 있는지, 글을 써 보겠습니다.

예. 깨어 있습니다. 지금의 나는 '몰입'으로 깨어 있습니다. 최적의 판단을 내리기 위해 생각하고 또 생각합니다. 내가 원하는 상상 속 상황을 들여다보고 또 들여다봅니다.

당신은 당신이 지금 살아있음을 알아차릴 수 있나요? 누군가를 기다리는 순간, 누군가의 이야기에 경청하는 순간, 하늘을 바라보는 순간, 바람을 느끼는 순간 등 그것과 함께 살아있음을 느껴보는 거예요.

도전 열정 정직

꿈 평화 희망

기다림 감사 협업

위 가치 단어들 중, 내가 살아있음을 알아차리게 해 주는 단어 한 가지를 선택해 주세요. 그리고 선택한 단어를 향해 덕분이라는 마음을 글로 써 보겠습니다.

예. 알아차립니다. '감사' 덕분에 부정을 긍정으로 바꿀 수 있었습니다. 알아차립니다. '감사' 덕분에 사람들의 행복을 바랄 수 있었습니다. 알아차립니다. '감사' 덕분에 열심히 살아갈 힘을 얻을 수 있었습니다.

고인 물은 썩습니다. 자연의 이치입니다. 혼자 잘 살 수 없습니다. 신의 이치입니다. 여러분은 사람들에게 강물처럼 흘려보내고 싶은 가치가 있나요?

탁월함 용기 존중
사랑 초연 평온
한결같음 평온 확신

위 가치 단어들 중, 내가 사람들에게 흘려보내고 싶은 단어 한 가지를 선택해 주세요. 그리고 누구와 어떤 미래를 만들어 갈 것인지 써 볼까요?

예. 흘려보냅니다. 나는 나와 함께하는 작가님들께 '평온'을 흘려보냅니다. 삶의 전 영역이 성공하여 또 다른 누군가에게도 평온을 선물할 수 있는 우리가 됩니다. 그렇게 우리는 흘러갑니다.

우리는 내 마음에 경청하기 위해

첫째, '나를 바라보는' 글을 썼습니다.

둘째, '지금의 나와 함께 깨어있는' 글을 썼습니다.

셋째, 내가 살아있음을 '알아차리는' 글을 썼습니다.

넷째, 사람들에게 '흘려보내는' 글을 썼습니다.

글을 잘 쓰기 위해서는 잘 들어주어야 합니다. 나를 바라보고 나에게 깨어 있고 나를 알아차리고 나를 흘려보내는 글쓰기로 내 영혼의 목소리를 잘 들어주는 작가가 되길 바랍니다.

글쓰기의 또 다른 이름, '경청'이었습니다.

글을 써야 하는 이유 : 사명

使

하여금 사. 사신 사.

한자를 나누어 보겠습니다.

人 사람 인. 위사람 명령으로 하여금,

吏 관리 리. 관리가 사신으로 떠난다.

命

목숨 명. 명령 명.

이 또한 한자를 나누어 보겠습니다.

合 합할 합. 집합시켜,

卩 병부 절. 무릎 꿇려 놓고 명령한다.

'사명'은 '윗사람 명령을 받아 사신으로 떠나는데 신의 계시를 받은 모습으로 명령을 목숨처럼 여기다.'라는 뜻이네요. 요약하면, '무릎 꿇고 받은 신의 명령을 목숨처럼 여기는 것'이 '사명'이라고 할 수 있습니다.

사명을 지키기 위해 먼저는 신의 생각이 무엇인지 알고, 나의 사명을 굳게 믿는 마음이 필요합니다. 내가 이 세상에 태어난 목적, 신께서 나를 지구에 보내신 목적, 반드시 있습니다. 찾아야 합니다. 그리고 실천해야 합니다.

'생각은 경험의 합'이지요. 나의 주변 상황이 어떠한지, 사람들과 어떤 대화를 나누고 어떤 관계를 맺고 있는지, 그래서 나는 어떤 가치관을 가지게 되었는지, 이러한 경험들이 모여 생각으로 탄생된다는 것이죠.

> 자신과 세상에 대한 당신의 신념이 당신을 창조한다.
> 당신이 믿는 바가 당신의 상황을 결정한다.
>
> - 보도 섀퍼 《돈》 -

경험들이 생각을 탄생시키고 생각이 신념을 탄생시키고 신념이 새로운 상황, 즉 사명을 결정하네요. 그렇다면 여러분은 어떻게 새로운 상황을 결정하시겠어요?

미래의 나를 위한 일기 쓰기는 바람직한 새로운 생각과 감정, 행동을 불러온다. 과거를 반복하는 조건 반사적 습관에서 벗어나게 도와주는 매일의 작은 습관 연습이다.

– 니콜 르페라《내 안의 어린아이가 울고 있다》–

사명이 무엇인지 모르거나 이루어지지 않는 이유는 기록하지 않아서입니다. 그리고 구체화시키지 않아서이지요. 신념과 사명을 찾을 수 있는 힘이자 실천할 수 있는 확실한 방법, '기록'입니다. 자! 그럼 이제 '미래의 나를 위한 일기 쓰기'로 여러분의 사명을 발견할 수 있는 새로운 생각과 감정, 행동을 선택해 볼까요?

Q1 '~을 이겨내고 ~까지 ~가 되고 싶어 했던' 구조로 미래의 나에게 일기를 써 봅니다.
당신 자신에게, 그리고 다른 사람들에게 어떻게 보이길 원하는지 상상해 보세요.

예) '내가 할 수 있을까? 난 쓸모없는 존재야.' 무기력과 우울을 이겨내고 여기까지 왔다. 장하다! 2030년 9월 1일까지 세계 최고의 동기부여 강사, 사람들의 영적 멘토가 되고 싶어 하던 나의 사명을 이루었다.

Q2 사명을 이루신 당신, 축하드립니다!
되고 싶은 나의 모습이 이루어진 날! 어떤 옷을 입고 있는지, 날씨는 어떠한지 써 보세요.

예) 은행 나뭇잎 색깔이 초록에서 노랑으로 변한 지 사흘이 되었다. 군청색 바바리를 입었는데 날이 쌀쌀하다. 살까 말까, 한 달 전부터 행복한 고민을 하며 눈여겨보았던 초록색 원피스를 사러 가는 길이다. 잘록한 내 허리를 돋보이게 해 주며, 늦여름에 입어도 괜찮은 재질이다. 그림에 꽝손인 내가 초록색 원피스를 그려본 게 몇 번인지 모른다.

....

....

....

Q3 멋진 옷을 입고 있네요.
이번에는 사명을 이루기까지 노력했던 점 3가지를 써 주세요.

예) 일주일에 한 번 강의 영상을 녹취하고, 강사님들에게서 배우고
싶은 점 한 가지씩을 발견하여 기록하고 실천했다. 매달 한 번
씩 재능기부 특강을 하며 나눔의 덕목을 쌓아왔던 것이 큰 힘이
되었다.

....

....

....

....

....

Q4 축적된 양은 좋은 질을 탄생시키죠. 그동안 애쓰셨습니다.
사람들은 당신에게 어떤 말로 지지하고 있나요?

예) "백 코치라고 불러야 돼? 백 멘토라고 불러야 돼?" 남편은 평소
보다 눈을 더 크게 뜨더니 미소를 지으며 이야기했다.

"우리 딸, 세계 최고가 될 줄 알았어. 해낼 줄 알았지. 엄마 덕인 거, 알지?" 금방 통화를 한 엄마의 목소리에 빨간 앵두가 열린 것 같았다.

Q5 좋은 사람들과 함께하며 당신은 더 좋은 사람이 되었네요.
마지막으로, 사명을 이룬 당신의 모습은 어떠한지 써 볼까요?

예) 사명을 이룬 내 모습은 독수리가 날개를 활짝 펴고 푸른 하늘을 자유롭게 날고 있는 듯하다.

'다른 사람들에게 유익함을 제공하고 삶을 변화시키게 해주며 좋은 결과를 얻도록 돕는 것.'

세계적인 동기 부여 강사, 브라이언 트레이시는 '성과'의 정의를 이렇게 내렸습니다. 여러분! 사명과 함께 성과 내고 성공하시길 바랍니다. 글은 사람을 지배합니다. 사람은 글 쓴 대로 살아갑니다. 내 영혼이 내 글입니다.

오늘 여러분은 사명을 이룬 내 모습을 글로 썼습니다. 이제 사명이 여러분을 지배할 것입니다. 우리가 글을 써야 하는 이유, 사명을 발견하고 실천하기 위해서입니다. 내가 이 세상에 온 목적을 이루기 위해서입니다.

글쓰기, 내일도 하실 거죠?

유종의 미

쓸수록 나는 내가 된다

나의 글로 세상을 1밀리미터라도 바꿀 수 있다면

언 다르고 어 다르다

쓰고 싸우고 살아남다

뼛속까지 내려가서 써라

언어를 디자인하라

끝까지 쓰는 용기

마음을 썼다 내가 좋아졌다

쓰기의 말들

글쓰기의 최전선

나를 살리는 글쓰기

책 제목들입니다. 최근에 이사를 하며 해 보고 싶은 걸 이루었어요. 책
등 색깔이 비슷한 책들끼리 모아 책꽂이에 꽂기! 조금 전, 글쓰기 책 쓰기

관련 책들만 꽂아둔 책꽂이를 눈으로 훑으며 마음에 들어오는 책 제목들을 써 봤습니다.

책 제목만 읽어도 에너지가 솟네요. 여러분에게 끌리는 책 제목은 무엇일까요? 두 가지 선택해서 써 보시겠어요?

위의 책 제목을 선택하게 된 이유가 궁금해요.

여러분, 나가는 글 읽으면서도 글쓰기 하셨어요. 유종의 미, 아시죠? 이 책을 덮기 전, 마지막까지 글 쓰는 사람으로 존재해 주시길 바랍니다. 여전히 애정 합니다.